天才捕手计划
STORYHUNTING
口述真实故事文库

女记者的
生死赴会
刀尖上的访谈

汤布莱 —— 著

浙江人民出版社

目 录 contents

为保护当事人隐私，

本书主角皆使用化名。

序　言

三十而立，我被逼去当了记者

2001年9月7日，父亲因病去世。对刚刚经历了婚姻变故的我来说，这真是一个巨大的灾难。

这一年，我已经30岁。办完父亲的丧事，我带着3岁的儿子离开昆明，去了北方的一个小城，在朋友姐姐的一处闲置居所里疗伤。

那段时间，我除了出门购买生活必需品，就是待在屋子里写日记。我不想接触任何人，只能靠一些文字释放心中的压抑之情。不知不觉3个月过去了。

一天，儿子在露台上指着天上的飞机说："妈妈，宝宝想坐飞机回家家。"

儿子仰头望天的小模样和口齿不太清楚的话触动了我，令我有种想哭的感觉。是的，逃避不是办法，儿子会一天天长大，未来的日子还很长，不可能躲避一辈子。而且有很多现实的问题，我终究还是得面对。

我当即买了机票，带着儿子回到昆明。

回来后，仍有很多不好的感觉日夜纠缠着我，甚至有一股强大的力量在将我拖入黑暗的深渊。幸好身边有天真无邪的儿子，他的存在时刻提醒着我要好好活着。

为了能够尽快振作起来，我报了"心理咨询师培训"学习班。我发誓，那是我从小学一年级以来，学得最认真的3个月。我写的笔记有好几本，除了教材，相关书籍和案例我也每天都在看，都在研究。

我渐渐好了起来，顺利通过了考试，拿到了心理咨询师初级证书。

随后，我断绝了与之前朋友的往来，开了一家时装店，每天带着儿子守着店。

开店的日子单调且无趣。我不喜与人虚与委蛇，因此把每件商品都明码标价。隔壁老板娘倒是个热心肠的，她不厌其烦地教我如何与顾客打交道，甚至是苦口婆心地给我支招。

其实我心里也有话，但不能和她直说：一条裙子50元进价，顾客进来喊500元一条，讨价还价一个小时，最后250元成交，还追着人家喊亏本了。这不是昧着良心在撒谎吗？这一套，打死我也学不来呀。

时间在店铺的开关门之间过得很快。别人开店是赚钱，我开店则是熬时间。

有一天，我刚刚开了店门，大姐就风风火火地拿了一张报纸来。报纸上有一则招聘启事：《云南信息报》招聘《情感地带》栏目主持人一名。

大姐说："你那么喜欢写文章，还不如去报社写呢。"

我让大姐别开玩笑了，我都 31 岁了，哪有这个老脸去和应届生抢饭碗。

大姐二话不说，抓起我的两本日记，又抱起我儿子，让我把店门关了。她说就算是逼也要把我逼去应聘。我知道大姐是心疼我，也知道我根本就不适合开店，她想让我从目前封闭的世界走出去，就算能结交新的朋友也好。

在报社楼下的停车场，大姐帮我看着儿子。我则在大姐满心的期待中，拿着笔记本进了报社的大楼。一看，整个走廊都被挤满了。没想到应聘的人这么多，我转身就下了楼。

我跟大姐说我往人群中一站，根本不像应聘记者的，更像是服务人员，太丢人了。

大姐一听就急了，她见过我曾经的骄傲，也知道我日常的自信。大姐鼓励我说，来都来了，不试一下，怎么对得起自己。

就这样，我再次被大姐逼下车。在停车场犹豫了片刻，我心一横，管他呢，豁出去了，大不了当什么都没有发生过，回去开店就是。

没想到，办公室里就一位男子。他没有做自我介绍，只是问了我的年龄。知道我之前没当过记者，也没有发表过文章，便好奇问我为何要来应聘。

说实话，我对这次应聘没有抱任何希望，但如果不上来试一下，真的对不起大姐对我的关心。于是只能实话告诉对方，是我大姐逼我来的。

男子听后有些诧异，问我有什么特长。

我告诉他，这个岗位是《情感地带》的主持人，我想可能会需要一个有阅历的人。我是个单亲妈妈，也算是有些经历吧。另外我刚考了一个心理咨询师证，读者可以在这里获得共情和互勉。

男子又问我文笔怎么样，我也不好说是好还是不好，便递过我的一本笔记本，里面写的是一些有感而发的诗歌和散文。他随手翻开了一篇，读了起来。然后说："文笔干净、阳光、积极。好，今天就到这里，你回去等通知吧。"

没想到面试这么简单。我像完成任务的小孩，赶紧下楼，把报名的情形跟大姐说了一遍，便回家做饭吃。正在炒菜的时候，手机响了，是刚才面试的男子。万万没想到，我进入了初选名单，报社要求明天上午9点去参加笔试。

我既高兴又恐惧。高兴的是我虽然已经31岁了，和年轻人一起竞争还没有那么不堪，至少第一轮胜出了；恐惧的是我不知道笔试会考什么，我既不专业，又没有丝毫准备。

下午在店里，我平复了一下激动的心情，安慰自己能答多少答多少，成了自然好，不成就继续回来开店嘛。

第二天，我抱着这样的心态走进了笔试现场。除了一些时政问答和新闻专业知识问答，就是些没有标准答案的试题。比如对婚外情是怎么理解的、婆媳之间出现矛盾怎么办等。虽然我的经历和心理学的知识，有助于这些开放性试题的作答，但毕竟不是专业生，也多年没进考场，不知道是不是报社想要的答案。

忐忑中，笔试成绩出来了。我居然和另一个应聘者并列第一。就这样，我又稀里糊涂地过了第二轮，接下来是面试。

可面试那天，我一进会议室就傻眼了。

26个考官坐了两排，我一个人孤独地坐在大家面前，想打退堂鼓都没有机会。我一坐下他们就开始提问，而且每个人都在发问。问题一个紧接着一个，根本没有冷静思考的时间，很多都是无意识地回答。

两天后，面试结果公布，我第二名。

得知这个成绩，我有种被调戏的感觉。如果一来就名落孙山，那我的内心肯定是没啥想法的，因为一开始就没抱希望。可偏偏整个过程中已经把我的自信心激发出来了，现在却就差这么一点点。

就好比高处有个东西，你一开始觉得自己身量不够，肯定够不着，就没想去够。但在别人的怂恿下，伸手去够了，居然还摸到了。兴奋之余，心想着再努力一下就能得到。然而，最终还是差那么一点点，个中沮丧可想而知。

就在这时，第一天面试我的男子再次来电——原来他就是报社社会新闻部主任李自彬。他告诉我，按照规定我落榜了。但是，他认定我就是他想找的主持人，所以向报社请示

《情感地带》栏目能不能招聘两名主持人，领导竟然批准了。

因为我，报社临时加了一个名额？我如梦初醒，好一会儿都不敢相信是真的。难道这就是传说中的贵人相助？

为了不辜负李主任的信任，也为了证明自己有能力做好这份工作，我把时装店和儿子都交给了大姐帮忙照料，全身心地投入到了新的工作中。

《情感地带》栏目第一篇报道的当事人，在距离昆明100多公里的楚雄。那天一大早，社会新闻部的李主任和摄影部的范主任，便带着我这个"菜鸟"出发了。

那时还没有高速公路，一路紧赶慢赶，中午才到达目的地。吃完午饭，我们立刻前往当事人居住的小区。这是我第一次采访。李主任交代过，让我在一旁多听多看多学习，看看他们是如何提问交流，并还原当事人的经历的。

然而，事情并没有想象的那样简单。

当我们来到当事人梅子家门口时，对方却怎么都不开门，她在屋里说不愿意接受采访，请我们不要打搅她。

隔着房门，李主任试图和梅子多沟通一下。梅子立刻打断了李主任的话，说她现在的免疫力很差，医生叮嘱要避免与外界接触，实在是不能接受采访。之后，不管李主任说什么，她都不再答话。

是呀，梅子身患绝症是事实，有不接受采访的理由，你又能怎么办呢？

我们只能下楼，回到车上另想办法。李主任很沮丧，但他还是幽默地告诉我，这是我采访的第一课——吃闭门羹。

他说要想成为一名优秀的记者，必须有一个特殊的技能，那就是脸皮必须够厚。

闭门羹吃了，可采访还得继续。范主任提议去公安局找梅子的丈夫，宣传他对绝症妻子不离不弃。这是好事，单位应该会支持。李主任也同意这个方案。但我想，既然我们都到小区了，是不是应该再努力一下，不然来回跑，很耽误时间。

更重要的是，梅子是患病的那一个，我觉得要谈感受，梅子可能会更多一些吧。而且从梅子的角度讲丈夫的付出，也会让读者共情更多一些。

我建议先不要去那么多人，我一个人再去小区打探点情况，有进展的话再联系两位主任。李主任当然赞同。

我独自进了小区，也没有直接上梅子家。在小区花园的凉亭里，看到几个老太太在聊天。我上前礼貌地打完招呼，介绍自己是从昆明赶来的记者，想通过我们的采访报道，让更多的人知道梅子夫妇的感人故事。我还特别说，如今离婚的人太多，像梅子老公这样的好男人，真是世界少有。

几个老太太频频点头，七嘴八舌地给我说起梅子夫妇。说到可怜处，有个老太太还落泪了。我趁机请她去和梅子说说，能够同意我们的采访。老太太抬手抹了一把泪，让我跟她走，她带我去。

我再次来到梅子的房门口，老太太敲响了门，梅子听见是熟人，赶紧打开门，让进屋里坐。老太太说，她就不坐了，人多空气不好。她站在门口劝梅子："记者采访是好事，别的不说，至少是个难得的机会。"然后，她说让梅子老公也能露个脸，单位领导看见了，以后请个假什么的也容易一些。

梅子想了想，便把我让进了屋里。她全身裹着棉衣，戴着帽子和口罩。她的目光很友善，声音也很柔软。

梅子家的房子不大，我看见客厅墙上挂着婚纱照，照片上的新郎英俊帅气，梅子笑得很开心。梅子见状主动和我说，拍婚纱照的时候自己刚刚生病，模样还可以。现在已经病得不成人形了。这些年除了拖累丈夫，自己实在没什么可采访的。

梅子的话让我很难过。我同梅子说，我虽然身体健康，但两年前爱人的移情别恋对我而言无异于患了一场绝症。最难的时候头发都快掉光了，只能剃光了头，戴假发示人。我主动和梅子讲了我的爱情故事，从一场浪漫的邂逅开始，从高原再到海边，直至主动退出成全了别人。如今，我是一个单亲妈妈，为了儿子，我必须选择坚强。

可能是女人之间更容易交心，我和梅子很快聊了起来。她也同意了接受采访。接到我的电话时，李主任很惊讶，他没想到我能这么快说服对方。

我的第一次采访就这样开始了。

只见，采访中李主任问，范主任拍，我在一旁一字一句地记。

而梅子只是蜷着腿坐在沙发上。阳光从窗棂透进来，照着她那张浮肿的脸——因长期使用激素，脸色显得青黑。她扳着手指算了算，说已有 10 天没发烧了，是几个月来不发烧持续时间最长的一次。说完，她脸上露出了灿烂的笑容。

我有些好奇，梅子为什么这么在意发烧？

原来梅子患的是一种叫红斑狼疮的疾病，即全身免疫系统失调，任何一种小病都会给她带来灭顶之灾。整个冬天，梅子都是在高烧中度过的，一烧起来就什么也不知道了；而一旦发烧，丈夫所有的努力都将前功尽弃。

梅子和丈夫小江是在省外上大学时相识相恋。毕业后，又一前一后回到楚雄工作。可就在他们准备步入婚姻殿堂时，梅子突发绝症，医生断言她只剩 40 天的生命。小江得知后，义无反顾地向她求婚，并举办了两人憧憬许久的隆重婚礼。婚后，在小江的精心呵护下，奇迹发生了，如今梅子已经坚强地活了 2 年。

讲到动情处，梅子哭了，我也流泪了。

时间在不知不觉中流逝，梅子的丈夫下班回来了。他进门看见家里有人，一下子就慌了。原来，为了保持家中空气的洁净，他们家几乎没有访客。梅子能让我进屋，真的是个意外。

到采访结束时，天早已黑了。下楼时李主任开心得像个孩子，走路都一蹦一跳的。我们来到停车场，准备上车的时候，李主任伸出手摆了摆。我没明白是什么意思，也机械地伸出手，没想到他重重地握住我的手甩了一下，继而又抬手做出击掌的姿势，我抬手迎了上去，他一巴掌拍得我手掌心生疼。

随后他哈哈大笑："事实证明我眼光没错，你天生就是块儿当记者的料！"

第一章

逃亡十二年

一

我记得非常清楚，那是 2009 年 3 月 23 日的夜晚时分。

我下班回家煮了碗面，正在拌面时，突然接到报社电话。电话中说有读者看了我写的报道，想和我私下交流一下。我没有多想，就让报社把我的电话给了对方。稿子反响大才会有读者来交流，这对我来说是常事，也是好事，至少可以增加粉丝嘛。

挂完电话没多久，我的手机就响了，来电显示是一个带区号的座机号。

"请问你是汤记者吗？"一个沙哑的男人声音从手机里传来。

"嗯，我就是，请问你有什么事吗？"我按了免提，一边吃面一边说。

"我杀人了，想和你聊聊。"那声音，配上不紧不慢的语调，把我吓得差点筷子都掉了。

"你杀人了？什么情况，"我一把抓起桌子上的手机，"是不是要报警？你打错电话了吧？"

"没错，我杀人了。我找的就是你。"对方说得很肯定。

他是谁？听声音我绝对不认识。他找我干吗？他到底是杀人犯还是神经病？

"你为什么不说话？害怕了？"陌生男人的声音依旧不紧不慢。

"不……不是，我只是感觉有点突然。你说你杀了人？你为什么给我打电话？我能为你做什么？"我有些颤抖地解释说。

一连串的问题卡在我的喉咙，我不知道要先问哪一句，也判断不了该问哪一句，不该问哪一句。内心的慌乱让后面的话也显得语无伦次了。

他听出了我的紧张，说："你别害怕，我虽然杀过人，但我是你忠实的读者。前几天看到你拍的烈士妈妈的照片，突然很想我妈妈。我逃亡 12 年，不知道妈妈是死是活。"

听他这么一说，我稍微平静下来。

我写的那位烈士叫刘贵彦，是中越边境麻栗坡烈士陵园里唯一一名上海籍烈士。

刘贵彦烈士母亲

1984 年 7 月 7 日，越军偷袭我老山雷达阵地时，他壮烈牺牲，年仅 26 岁。消息传到家里，他的母亲哭得眼底出血，视力也急剧下降。

前几天我刚陪刘妈妈祭扫回来。因为她视力不好，要凑得很近才能看清楚墓碑上的字和照片。当她抚摸着墓碑仔细辨认，确认是自己的儿子后，一下子大哭起来。在场的人都哭了，我在泪眼中拍下了这一幕，随即照片便登上了报纸。

我努力回忆文章的内容，猜想是哪个情节触动了这个杀人犯。如果是这样的话，我倒是可以和他好好聊聊。

"你妈妈今年多大年纪？"我小心地问。

"75 岁，和烈士妈妈同岁。汤记者，我有个小小要求，就是请你不要报警。"

我冷静下来一想，心里竟冒出一丝兴奋，这无疑是一条极好的新闻素材。

"那我能帮你做什么吗？"我又试探着问。

"我的事太大了，掉脑袋的事，你帮不了我，"陌生男人说，"给你打电话，就是想找个人聊聊。逃亡的这些年，没人说话，也不敢说，太压抑了。"

接这种电话我有经验，毕竟我曾做过两年《情感热线》栏目的。不过电话那头是凶犯还是头一次——如果他没骗我的话。

如果他真是一个杀人后在逃的嫌疑人，我得首先想办法稳住他，然后再去想如何将他绳之以法。我的脑子飞快地旋转，生怕哪个节奏跟不上，更担心会吓跑他。内心虽然很紧张，但我尽量让说话的语气显得轻松而随意。

听他这么一说，我决定先顺着他聊，让他放松警惕并信任我："如果你相信我，就和我说说你想说的事。你放心，我肯定是个非常好的倾听者。"

短暂的沉默后，他说："我再想想吧。我这样的人，人见人怕。今天打搅到你，实在抱歉。"话音刚落，他就挂断了电话。

听着电话里突然出现的忙音，我心中有些沮丧，陌生男子会再出现吗？

二

我很想立刻把电话拨回去，但转念一想，他是用公共电话打给我，电话又挂得这么果断，会不会是他那边出现了什么状况？还是我刚才有话说得不妥，吓跑他了？

此时碗中的面条已经食之无味了，我在心里反复咀嚼着刚才和他通话的内容。我说的话不应该让他反感，不然他不会和我说两次"感谢"。凭着女性的直觉，我觉得他还会给我打电话。

这时候，我脑海里忽然闪过一个念头——劝他投案自首。这样，既可以成全一个罪恶灵魂的救赎，也可以成全一篇结局完美的新闻报道。我心里为这个念头兴奋不已，只要他再给我来电话，我一定想办法获取他的信任，然后便是劝导他改邪归正。

打定主意后，我三两口吃完面，洗好碗筷，打开电脑，开始了解杀人犯的心理状况以及如何安全地与这类人相处。

没想到，网页上所有的案例都有一个指向——他们或轻或重都有心理问题：有的是后期环境所致，引发内心的黑暗，导致凶案发生；有的是本身具有严重的心理障碍，导致应激杀人。

看着满屏的杀人案件的描述，我突然庆幸他主动挂了电话，甚至希望他再也不要打来了。一个亡命天涯 12 年的杀人犯，哪有那么容易搞定？自己真是无知者无畏。

话虽如此，我的内心又是矛盾的。一边说要躲开，一边又忍不住好奇。虽然害怕，但手还是不停地翻看着网上的内容，脑海里反复萦绕着那个低沉、沙哑的声音。

不知不觉，时间到了夜里 11 点。我想，他也许不会打电话来了。一个逃亡中的罪犯，对谁都不可能轻信，包括我——这个在他口中有爱心的记者。

我强迫自己关了电脑，起身洗漱休息。就在这时，手机再次响起。可能刚看了各种凶杀案，此时的电话铃声在寂静的深夜里显得尤其刺耳，我心跳明显加速。

一看来电显示，还是那个区号，接还是不接？如果不接，可能就此错过；如果接，下一步我该怎么办？

电话一直在响，一声接一声。

我矛盾极了，最主要还是害怕。这深更半夜的，家里也没个人可商量。可不管我怎么害怕，作为记者，如果放弃这种可遇而不可求的独家新闻，以后肯定会遗憾的。我当即按下接听键，电话里传来"嘟——嘟——嘟——"的忙音，他挂断了。

我懊悔极了，来不及多想，立刻回拨过去。电话虽然通了，但是没人接听，一直响到结束。

我呆坐在沙发上，患得患失。不知道他是否还会打给我，如果他再打给我，我怎么和他聊？如果他是一个心理变态之人，我怎么才能处理好这件事？我不可自拔地陷入深度的胡思乱想之中。

不知过了多久，电话再次响起。这一次，我紧张而机械地按下接听键，电话里传来一声质问："刚才我给你打电话，你为什么不接？"

"刚才我在卫生间洗漱，听见电话响，一接你就挂了。我打回去没有人接。"

"我听见电话响了，没接是想看看周边有没有人。万一你报警了，我去接电话不就自投罗网了吗？"

我假装像和老朋友聊天一样，和他套着近乎："我历来说话算话。说过不报警，就一定不报，你完全可以放心。"

"请你理解，我之所以能逃亡12年，没被警察抓到，就靠两个字'小心'。现在我放心了，你并没有报警。谢谢！"他声音依旧沙哑，但明显有些得意，似乎在给我警告，别耍花样。

确定安全后男子才断断续续地说，他是喝了酒才有勇气给我打电话的，他已经很久没喝过酒了，因为喝酒容易误事。"但你写的那个烈士的妈妈，是真实的情感流露啊。我从来没有像现在这样想念我的妈妈。你知道我现在最害怕什么吗？我最害怕在我妈活着的时候，我再也见不到她……"

说到动情处，他的声音更加沙哑了。

我没有打断他，一直听他倾诉，终于他说出了找我的目的："汤记者，我一直认为你是最好的记者，你能帮我想想办法让我见见我妈妈吗？只要见一次就好。"

这个要求真的让我很无语。我能带烈士妈妈去看儿子，但我怎么可能帮杀人犯去见妈妈？他自己也不想想，他们能相提并论吗？

刘贵彦所在的雷达分队遭越军偷袭时，他中弹32处，腹部炸开，胃肠外露，他受伤最重，却把自己的急救包让给战友止血，一直坐在血泊里指挥其他伤员转移。

等他被送到救护所时，因失血太多，已经昏过去了。当听医生说"小上海"需要输血，当地老百姓都争着去献血，但最终还是没能把他救回来。这场偷袭令雷达站23人受伤，4人牺牲。刘贵彦牺牲后，家人因经济困难，没有能力为他扫墓，他的墓碑遂成为墓园中最寂寞的那个。

直到24年后，我的朋友根据墓碑上的信息才联系到他在上海年迈的父母。在志愿者的帮助下，烈士父母连续两年到陵园扫墓，我这才有幸拍下了刘妈妈那张照片。

刘贵彦是战斗英雄，我带刘妈妈去是我的荣幸；而一个在逃杀人犯，我怎么可能为他安排与妈妈的私下会面？

我又一想，他虽然想法荒诞，倒也不失为儿子的孝心。

既然他这么信任我，我不能骗他。我在电话中和他分析：帮他把母亲接来见他，那样不是不行，但是他得想清楚，母亲跟他见面，如果包庇、窝藏他，那就是犯罪！这样做不等于为难他母亲吗？

说完这一席话，我手心里已经全是汗，我没把握他是否能接着和我谈话。

他没有打断我，估计他也在想我的话有没有道理。我思来想去，觉得不能再拖。既然有了前面的铺垫，是时候说出我的想法："我觉得万全之策只有一个，你有没有想过自首？"

"自首？我坐过牢，坐牢的滋味我太了解了，不好受啊！我为什么跑？就是因为怕死，怕坐牢！"说完，他果断地挂了电话。

这下彻底完了，我太快地触碰了他敏感的神经。去自首，那需要多么大的勇气！况且他还说他曾经坐过牢。

等等，他曾经坐过牢？是的，他是这么说的，这家伙难道……我不敢往下想了，太可怕了。

算了，他不来电话也罢，如果他真是一个大凶大恶之人，我还是自求多福吧。我果断从沙发上跳起来，直奔卫生间去洗漱。我要睡觉。

直觉告诉我，他肯定不会再给我来电话了。

然而，我却怎么也睡不着。我是一个心里不能装事的人，我脑海里不断蹦出千万种有关他的假设。

他逃亡这些年经历了什么？为什么会如此想念他的母亲？我报道的烈士母亲已经 75 岁，而且满头白发。他母亲和烈士的母亲同岁，那么，他应该 40 多了。

想着想着，我竟迷迷糊糊地睡着了。突然，我被手机铃声惊醒，开灯坐起身，拿起手机一看，凌晨 1 点 13 分，还是他！看来他这是跟我没完了。

"汤记者，我们能见一面吗？"他的直截了当，吓得我全身每个细胞都僵硬了。

"见面？在哪？什么时候？"我不假思索，脱口而出的话又吓了自己一跳。

"你乘明天上午 9 点半的城际列车到宣威站，我去接你。我有很多话想跟你说，当然，你也可以不来。不过我很希望你能来，也许我能给你个惊喜。"惊喜？他一个亡命之徒，能给我什么惊喜？

三

这是一个多么惊险刺激的邀约！这种感觉就像你来到了一个密室的门口，你想进去，可是害怕里面的机关；你想离开，却又特别想进去尝试一下。

第一直觉告诉我，先不要拒绝，得想办法拖住他。

"等等，我要是离开昆明的话，先得请假。这样吧，我先跟领导请假，请好假了我就去见你。你过一会儿再给我打电话好吗？"

"好！不过我再说一遍，你不能报警。而且，你只能一个人来。否则，你永远见不到我。"男人说完，就把电话挂了。

事情到了这种程度，已经不是我一个人能决定的，我赶紧拨通了新闻部主任的电话。

半夜被惊醒的领导一听，脱口说："竟然有这种事？你去吧，按他说的做。不过你一定要保护好自己，见势头不好就立即撤退，该报警就报警。"我呆呆地看着手机。这样的采访也是我一个人去吗？我这回是彻底睡不着了，只好又坐到电脑前去"研究"犯罪心理学。

1点43分，电话再次响起，那沙哑的声音问我请好假了吗？他说他睡不着，期待着明天跟我见面。

这事闹的，谁能睡得着呢？他几次电话号码都不一样，说明是用不同的公用电话打的。为了打这些电话，估计宣威市都要被他跑遍了。而且每次通话时间不长，内容并不多，我能了解到的信息也很少。

我不知该如何独自面对这么狡猾的杀人逃犯，但职业本能告诉我，必须得去！

我想起自己买过一本释禅的书，赶紧找出来，试图从里面找到点安慰，好让我慌乱的心平静下来。可是书翻了几页，我也没能看进去，手机再次响起。只听他压低声音说："汤记者，我如果自首，最少20年。记着，明天一个人来，别报警。"

此时是凌晨 3 点 36 分，我睡意全无，索性起来收拾行李。我选了件显眼的橘黄色 T 恤，以便赴约时他好找到我。如果遇到危险求救，大家也容易认出我。

出门时我清空了包里的杂物，除了身份证、钱包、钥匙、纸巾，就是采访本、相机和那本与心灵对话的释禅的书。我特意带了两部手机，一部放在包里，一部放在牛仔裤的口袋里。

与其说这是一个人的旅程，不如说是一个人的战斗。

一大早，我买好车票，进站候车。此时的昆明火车站，早已人声鼎沸。

在过安检时，手机响了，他问我是不是到火车站了。当得知我正在过安检时，他才说自己叫王会（化名），是兰州西固人，一会儿到车站接我。他挂电话前特别强调说，这是他逃亡后，第一次告诉别人真名。

我想知道他说的是真是假，趁候车时，我查到了兰州西固区公安分局的电话。刑侦队的队长在电话里告诉我，12 年前确实有个叫王会的人，杀人后在逃，至今未归案。

队长还告诉我，此人小学三年级辍学，是西固一带有名的混混。之前因为打架斗殴、吸毒、贩毒三进三出少管所。在少管所期间还越狱，后来被关进少管所的严管队。出狱后不久又将人杀死。

队长得知我要去见他，特别叮嘱："看他的经历就知道此人劣迹斑斑。我建议，跟他见面要慎重，最好还是先到当地公安机关报警，不要单独见面。"

一股寒意袭遍全身每一个细胞，我拿电话的手都在不自觉地发抖。我真的要去见这样一个人？我就这么上路，是不是有些草率？

自从入了行，我参与了很多报道，也收获了很多赞许。我深知做新闻，最重要的是"责任"两个字。然而，现实是我在明处，他在暗处，我不知道他的真实目的是什么，也不知道他会不会怀着其他目的，把我骗过去。

此时，我的一举一动正被他看在眼里。我答应过他不报警。如果报警，见面泡汤事小，他要是怪我言而无信，从而引火烧身，那事情就复杂了。他这样的法外狂徒，要报复我，那可是太简单了。

小同事得知我只身去见这么危险的人，也在电话里补充道："姐姐，勇士和烈士仅一步之遥啊！"

我真的有点骑虎难下，怎么办？怎么办？

四

直到候车室广播通知检票上车，我的心跳还是很快。旅客呼啦啦涌进了检票口，狭窄的通道人挤人，我机械地随着人流往前移动。怎么检的票，怎么上的车，都没有什么印象了。

好在城际列车人不多，车厢内饰清新淡雅，我的座号周围都空着，直到开车都没有人来坐。我落座后，努力让自己平静，翻开了那本释禅的书。我看到"做自己应该做的事，付出你应该付出的，尽到自己应尽的责任"这句话。

这些平日里读起来平淡无奇的文字，却在当时给了我一些安定的力量。我有了新的想法：如果王会真的迷途知返，想回归社会，我帮他一把，或许也能成全他。

再说我也是媒体人，有责任让他觉得社会没有抛弃他。胡乱想到这里，我觉得挺可笑的。

两个半小时的车程在我看来十分短暂，当到站广播的声音响起，我的心跳再次猛然加速，呼吸急促到大脑几近缺氧，双手双脚不受控制地颤抖起来。

还没见面就慌成这样，我这是怎么了。我不断做着深呼吸，鼓励自己，给自己打气。

12点18分，列车徐徐进站，我想从座位上站起来，却发现有些腿软。我用手扶着前面的餐台，才勉强起身。我告诉自己别慌，脑海中竟然想起中学语文老师说过的一句话："怕什么，脑袋掉了碗大一个疤，二十年后又是一条好汉。"老师说这就是阿Q精神的另外一种含义，我现在似乎有点领悟了。

尽管腿还是软，但那种有些好笑的视死如归的胆量，还是促使我一步一步往车门前走。

刚刚下车，手机就响了，来电显示是个陌生的手机号码，接通后是我熟悉的沙哑男声："你到了吧？我还在来火车站的路上，你等我一下，我马上就到。对了，你穿的什么衣服？"

"我穿橘黄色T恤，背黑色的挎包，高个，扎马尾，戴眼镜。"我介绍完自己后，可能是心理作用，突然感觉到暗处有一双眼睛正盯着我，全身的血液再次往脑袋上涌，缺氧的感觉再度袭来，我不得不张开嘴大口大口地喘气。

一想到王会说出站后见，我的恐惧就越来越严重，甚至觉得身边的每一个男人都像他。我一边走，一边不停地四处张望，直到身边的人流全部散去，仍没有发现什么异样的人。我只能慢慢向站前广场走去。

宣威站位置较高，站前广场出去便是一大排向下的台阶，站在这里可以眺望远方，只可惜空气质量不是太好，城市也被笼罩在雾蒙蒙的天空下。我在台阶前站了一会儿，可能是登高望远的空旷感缓解了我的紧张心情，之前的惶恐和不安渐渐退去。目送最后一辆出租车离去后，站前广场就只剩下我一个人了。

我下意识地看了看手机，没有任何动静。我是不是被耍了？这是恶作剧吗？

我决定不再傻等，顺着台阶慢慢走了下去，一直走到路边。这里是一个丁字路口，红绿灯有序地变换着，车来车往，川流不息，并没有谁注意穿橘色衣服的我。

我试着拨回刚才的电话，是王会的声音："你等我一下，堵车呢。"

没有多余的话，电话又挂断了。我站在路口，目光所及之处，并没有堵车，不知道他说的是不是真的。直觉告诉我，他很有可能早就来了，只是一直在暗中观察我，等确定没有危险后才会出现。

我焦急、忐忑，完全不知道下一秒会发生什么。又是十几分钟过去了，电话终于响起来了："你旁边有个擦皮鞋的是吗？"

我环顾四周，不远处真有个擦皮鞋的人，我警觉地看着那个擦皮鞋的男人。男人眼睛大大的，且一脸憨厚地正在打电话，难道就是他？

我赶紧说："是的。你到了吗？你在哪？"

五

一个声音突然从背后传来："是你吗？汤记者，我是王会。"

我紧张地转过身，一辆出租车不知什么时候停在了我身后。

副驾的窗子是打开的，座位上的男人满头花白，面孔黑瘦，眼睛细小，眼角皱纹很深。这绝对是一张闯入我视线便能让我终生难忘的脸。

"上车！"就是电话里那个沙哑的声音。他的口气不容商量，我来不及多思考，被动且无意识地坐到了出租车的后座。车门都还没有关好，出租车就启动了，然后快速右转上了环城路。

这个城市我曾经来过，大致的几条路我是了解的，这不是进城的方向，沿着这条环城路一直走，没多久便会出城。我从后视镜里看到司机的面孔，微胖的脸，三角眼，大鼻子，宽嘴巴，他看着前方，面无表情，也不问去什么地方。显然，他已经知道目的地。

我脑海里闪过一万个场景，这是要把我拉到郊外某个地方？出租车司机是他的同伙？变态杀人狂？我没法淡定了，忽感肾上腺素飙升，全身血液逆流，思维混乱。

"我们这是去哪里？"我的语气再也没有之前的随和了，而是紧张伴随着警惕。

"我带你去吃饭，一个很安静的小馆子，我请客。"王会转过头看着我，眯着细细的小眼睛，目光在我脸上扫来扫去，令我非常不适。

不行，主动权绝对不能掌握在他手里。我贸然上车已经很被动了，要是一再被动下去，后果将不堪设想。我告诉自己必须立刻冷静下来，不能慌乱，这时如果不准备紧急自救，拖到最后恐怕连后悔都来不及。

我和王会说，其实昨天晚上我就想好了，今天这顿饭我请。我在火车上已经打听清楚了，宣威有个仁和酒店很不错，我们就去那里吃。

王会没有听我的。他说仁和太贵了，他请不起，还是去他说的店。

我和王会讨论目的地时司机根本没有减速的意思，依然在空旷的环城路上狂奔。看来他们是一伙的？我此时格外清醒，我用命令的口气对司机一字一句说："师傅，请掉头，去仁和酒店。"

司机愣住了，扭头看了看王会。我担心王会有异议，赶紧说："王大哥，今天这顿饭一定是我请，请你吃一顿好的。相识一场是缘分，希望你领小妹这个情，就听我的吧。"

我说话的时候，主动把头凑到副驾边上，用无比坚定的眼神看着王会，我发现他眼里闪过一丝诧异和感动。他沙哑的声音柔软了很多："你叫我大哥？很久没听到有人这样叫我了。"

从他眼神和声音的变化，我判断他动摇了。我努力让自己语气听起来很亲切："我觉得你应该比我年长，所以叫你大哥呀。"

王会顿了顿，才说："小妹，你是优秀的记者，我这样的人不配被叫大哥，惭愧！"

随后他让出租车司机调转车头，往仁和酒店驶去。见司机调头，我紧绷的神经终于放松下来。这时，我发现无意识紧握着的双手手心里早已浸满了汗水。

宣威不大，出租车很快就到了仁和酒店。就在我准备付车钱时，王会说他之前就付过了。我和王会下车后，司机看着我，莫名其妙地说了句"祝你们用餐愉快"。随即飞快地绝尘而去。他的表情让我心里掠过一丝后怕，很明显，他们是熟人。

上楼时，王会让我走前面，他走后面。我见他左顾右盼，貌似很紧张的样子，以为这里四处埋伏着警察，只等着谁一声令下便会将他拿下。我见状，停下脚步，回头小声对他说："王大哥，你放心，我这个人言出必行。跟你开个玩笑，如果有警察，也肯定不是我的原因。"

为了调节气氛，我开了一个不大不小的玩笑。他感觉到我看出了他内心的紧张，有些尴尬地笑了笑说："小妹，如果我怕就不会跟你来。昨天晚上我就和你说过，你手里攥着我 20 年。既然和你见面，我就豁出去了，你看着办吧！"

王会的这番话充满了江湖气息。人在江湖，试想又有多少判断和决心不是在赌运气呢？看看眼前这个昔日的"大哥"，如今瘦骨嶙峋，布鞋粗衣，除了那双小眼睛里闪烁着令人捉摸不定的神情，俨然就是一个普通的小老头。

这样的人曾经做过江湖大哥？还杀过人？我看不像。

这个王会，会是兰州刑侦队长口中的那个王会吗？

六

我相信环境对人的影响，特意找了一个大包间——八人坐的大圆桌，装修雅致，宽敞明亮。这正是我要的效果！

服务员熟练地撤走了多余的碗筷，布置成两个人的餐面，又拿来两本设计精美的菜单。我主动递过去一本说："王大哥，你看看，有没有你喜欢的菜。"

王会接过菜单，翻了翻，有些情绪地说："我就说这里的菜很贵吧。你看，一盘烤洋芋要 20 块钱，要是在外面，20 块钱的洋芋可以吃到你撑死。"

我说："可这里是酒店呀。这么好的环境和服务，也是要付费的嘛。再说，这里的厨师可都是大厨，外面的没法比。"

我一边翻着菜单一边说："王大哥，你们兰州人喜欢吃牛羊肉，最有特色的就是牛肉拉面对吧？"

王会说："对啊，这些年我无时无刻不想念家乡的美食。"

服务员主动接话说店里牛羊肉倒是有，但不好意思，拉面没有。我又问，店里有饺子吗？饺子也行。

得知有饺子，我点了一盘饺子，随后快速翻着菜单，对服务员报了菜名："凉拌核桃木耳、鬼火绿、孜然羊肉、红烧牛肉、盐水虾、多宝鱼、三鲜汤。"然后又转头问道："王大哥，你看这些菜行吗？"

王会见我一口气点了这么多菜，很意外地看着我。然后若有所思地说了句："这些都是硬菜呀。"

我脑海里快速揣测他这句话的意思，他是不是觉得我能这样大方地点菜，肯定不是自己掏钱。如果不是我掏钱，那我们见面的事就不是秘密。原来他担心这是鸿门宴啊。

我必须及时打消他的顾虑，假装若无其事地拿过酒水单。一边看，一边假装脱口而出："这里的酒好贵呀！最便宜的都要 88 块一瓶。不过这 88 块的杨林肥酒是云南的特产，酒还不错，我尤其喜欢它的颜色。王大哥，不然我们就要这个酒吧，我今天得陪你喝一杯。"

我想表达我也是心疼钱的，能这样自掏腰包吃喝，是因为一起吃饭的人很重要。王会听后，眯着小眼睛说："小妹，今天要让你破费了。"

我继续和他不紧不慢地唠着，跟他说我很佩服他，我们素不相识，他能冒着被抓的危险跟我见面，这是对我的信任，也让我很感动。

菜陆续上来，都是大份的，三五个菜就摆了一大桌子。服务员把酒打开，我接过来，先亲自给王会斟满一杯，又给自己斟满一杯。酒的颜色真好看，碧绿幽亮。

我端起酒杯说："王大哥，我们边喝边聊吧。你昨天晚上说有很多话想跟我说，今天我们见面了。现在，我就是你忠实的听众。来，为我们的缘分喝一个。"

说完，我一仰头将杯中酒一饮而尽。王会可能没有想到我竟如此豪爽，他也急忙将杯中酒一饮而尽。我为他斟上了第二杯酒，刚想找话题，他却自顾自地说了起来。

王会说他平常喜欢看报纸，经常看到我写的文章，觉得我是个有爱心的人，去年看到我去了汶川地震灾区，还为我担心呢。

前几天他看到我陪烈士妈妈去看儿子，突然想到自己的妈妈，忍不住才给我电话的。

"昨天晚上我就没有吃饭了，一直在喝酒，也没睡觉。这些年来，我是有家不敢回、有亲无法孝、有苦无处诉啊！你肯定想象不到，逃亡期间，我结过婚，还吸过毒，不过已经戒了。一个人到处流浪，没人能懂我内心的苦楚。"王会说。

他能在逃亡期间结婚，说明心理素质很好；染上毒还能戒掉，说明很有自控力。我小心琢磨他的每一句话，想找到能够与他坦诚相交的突破口。

"我们家 6 个孩子，我是家里最小的，我妈最疼爱的就是我。我害怕这样继续逃下去，在妈妈有生之年，我连她的面都见不到。"话说到这里，他的眼泪已经在眼眶里打转。

我赶紧为他夹了些菜，让他多吃点，但桌上的美味佳肴似乎无法令他开心，他频频举杯喝酒，然后无奈地说："这几天我总在想，烈士的妈妈为儿子伤心，至少她还能有一点安慰，因为她儿子是英雄，她会受到众人的尊敬。我妈妈就不同了，她疼爱的儿子不争气，她在伤心的同时还得忍受众人的谴责！我妈妈好可怜……"

从王会断断续续的讲述中，我能肯定在他心里最软的地方是亲情，尤其是对母亲的亏欠。我准备从这个方向突破，于是说："我觉得，现在最快最安全的方法，就是去自首，然后就可以见你父母。"

"可是，我一旦自首，就会被立即关押，不可能马上见到父母的。这些程序我懂，而走程序是没那么快的。只有等我进了监狱，开始服刑了，才能见父母。我妈妈老了，我怕她等不了那么久。"王会说着，竟然像个孩子似的哭了起来。

我脱口而出："不然这样，你去自首，我替你回家去看你妈妈，然后想办法带她来看你……"

我话还没说完，王会忽然站起身，朝我走来。他这个举动把我吓坏了，我不知道他要干什么，只能呆呆地看着他。

七

没想到王会径直走到我边上，扑通一下跪倒在地。然后对着我就开始磕头，一个接一个，一共磕了五下。他的额头撞击地板发出的声响吓得我不知所措，我赶紧起身，用力将他拉起来："王大哥，你这是干吗呢？快起来，咱们好好吃饭。"

王会起身后，边哭边说："我果然没有看错人，你是最好的记者。你没有看不起我，只要能见到我妈，我就得给你磕头。今天我就在这里说好了，如果你真去看我妈，我就跟你去自首！"

"我答应去看你妈妈，就一定会去的。我也没看错你，希望你言出必行。"

我万万没想到，这么容易就突破了自首这一关。说去看他妈妈，完全是话赶话说出来的，我根本没有任何计划。但不管怎样，他既然答应去自首，那我也必须说到做到。我们继续推杯换盏，我能感觉到酒劲有些上来了，但我紧绷的神经一刻也不敢松懈。我想尽快结束这顿饭，不然一直这么喝下去，他可能没事，我自己反而喝醉了，那该如何收场。

但是，自首要心甘情愿，我没法催。而且，我更担心他出尔反尔，那所有努力都将功亏一篑。时间一分一秒地流逝，对面的王会却不紧不慢喝着小酒，慢悠悠地说："我猜你肯定想知道我是怎么杀的人。"

"你怎么杀的？"我没想到刚刚还在因为愧对父母而痛

哭流涕的王会，忽然间话锋一转说起了他杀人的事。

我自然是很想了解他缘何杀人，但他不提我不能问。如此小心翼翼，都是为了要迎合他的情绪。他是怎样的秉性，我一无所知。此刻，既然是他主动说起，我就顺势摆出了一副非常好奇的模样。

王会小眼睛一眯，直勾勾地看着我，吐出三个字："杀人刀！"

话音刚落，他先前还无比伤感的目光里忽然闪出凛冽的杀气，逼视着我。他的眼神和这一声"杀人刀"吓得我汗毛瞬间倒立。前一秒我还感觉一切都在掌控之中，下一秒我却被他吓得不知所措。西固公安分局那个刑侦队队长的话又在耳边回响，他是个劣迹斑斑的危险人物，我怎敢掉以轻心。

"哈哈哈！吓着你了？"王会见状，大笑起来。接着端起酒杯喝了一口说："那小子真没用，老子一刀下去，吭都没吭一声就挂了。还敢拿砖头拍我？你信不信，当年我在西固，那可是说一不二，谁见了都得礼让三分的大哥，不信你去问，我江湖人称'尕瞇睡'。不好意思，因为本人眼睛生得小，所以叫'尕瞇睡'。"

王会一扫之前的卑微与伤感，满脸骄傲。

我心里却想，难怪他很享受被叫大哥的感觉，我出租车上那声大哥，意外地抓住了他微妙的心理。于是，我更加殷勤地叫他大哥，并顺着他的喜好跟进话题。

可能是酒精的作用，王会越说越得意："不是我吹牛，要是我不主动投案自首，警察永远抓不到我。"

我赶紧跟着说："那是。不然你为何能逃 12 年，可见你是很厉害的。"

王会虽然长得其貌不扬，但真的有着极其强大的心理素质，如果他要对我使什么坏心眼，我还真不是他的对手。开弓没有回头箭呀，我必须达成我的目的，想办法劝他投案自首。于是我继续和他周旋。

气氛有些缓和后，我壮着胆子把话题拉回到"投案自首"的主题上来，他也没有表现得特别反感。正当我想把投案自首的好处再仔细说说的时候，他突然眯着明亮的小眼睛，笑着说："好了，你别说了，我都知道。记得昨晚我跟你说见面有惊喜吗？吃完饭我就跟你去自首，这算不算我送给你的惊喜？"

他的爽快反而让我愣住了。我小心翼翼，拐弯抹角，阿谀奉承，谋划算计，使出各种伎俩，我是不是太小人？我心中十分忐忑，一顿饭聊醒一个杀人逃犯，这个惊喜是不是来得太快了？

与王会干完最后一杯酒，这顿对于我来说史上最漫长的午餐就结束了。结完账，我和王会一前一后，走出酒店，我计划出门打上出租车，就直奔公安局。

然而，事情没我想的那么简单。

八

刚走出酒店，王会突然扭过头对我说，他很喜欢唱歌，想唱歌给我听。并且，让我跟他去他家听。

我顿时慌了。心想，他真是一个心思缜密的逃犯。去他家，仅仅是唱首歌给我听？可能没那么简单吧。

我的犹豫被王会一眼看穿，他看着我说，他有把吉他，逃亡这些年一直带着。他平时喜欢自弹自唱，但从来没有听众，今天想请我当一回听众。

我问他住在什么地方，他说就在城中的一个小巷子里，是间门面房。酒店好歹是公共场所，可他的住所是私人住宅，万一……此刻我内心的慌乱只有我自己知道。我该怎么办？

我如果拒绝他的邀请，之前的努力必将功亏一篑。再说我也没有过多的时间去仔细思考。如此情形下，也只能硬着头皮答应了。王会见我同意去他家，似乎很开心，他灿烂一笑，小眼睛又眯成了一条缝。

我抬手招来出租车，王会还是坐到副驾位上。他指引着出租车在距离宣威市交通局不远处的一个小巷子前停下。下车后，我们一前一后进了巷子。

我一路观察，巷子里住户蛮多，有几个妇女还坐在门口织毛衣、聊天。走在前面的王会在一扇贴着春联的门前停下，他说这就是他家，房子是租来的。

这是一间十几平方米的小屋。屋里有一个沙发、一张床、一个茶几还有一张书桌，这些物件有些破旧。王会说，这里所有的家具和他穿的衣服都是好心的老板送的。

我看到沙发上放着一张我最熟悉不过的报纸，醒目处正是我拍的那张照片——烈士母亲哭倒在儿子墓碑前。

2008年3月，因为一次"为烈士父母圆心愿"的活动，我认识了援滇的上海教师龚奇——这次活动最早的发起人。烈士的故事我们听过不少，但这一次要说的烈士，是麻栗坡烈士陵园里唯一的上海籍烈士。

龚奇和我说，前一年国庆节他到云南麻栗坡烈士陵园参观，了解到陵园里共安眠着957位烈士，其中刘贵彦烈士是陵园中唯一一位上海籍烈士。他在边境作战中英勇牺牲，荣立一等功。

龚奇发现，与周围其他一些烈士墓相比，刘贵彦烈士墓前长着许多杂草，墓碑上也积着厚厚的尘垢，似乎很久没有人来扫墓了。一种孤独感直击龚奇，他驻足细看墓碑上的黑白小照片，那张英俊帅气略带微笑的脸，让龚奇很是心酸。

春节回沪探亲的当天，龚奇就着手寻找烈士家属。他费尽周折终于找到了烈士父母的确切地址。龚奇立即上门拜访，9平方米的小屋里，最醒目的正是墙上挂着的遗照，也就是龚奇在烈士墓碑上看到过的那张黑白遗照，他一下子就哽咽了。

在和烈士父亲刘亚东的交谈中龚奇得知，刘贵彦烈士牺牲后下葬时，由部队出资。刘老曾与烈士生前的女友、同学前去整理过遗物，并到墓地祭扫。烈士的妹妹结婚时，也去祭扫过烈士墓地。后来烈士的兄弟姐妹生活也都比较困难，没有足够的精力和经费远赴云南扫墓。

龚奇多方协调，共同筹集到了万元爱心款，从而正式启动了一场"烈士父母圆心愿"的公益活动。这一消息无疑令烈士家属激动不已，可惜烈士的母亲孙杏英因身体不适，无法远行。一家人商量后，决定让烈士的弟弟陪同父亲前往。

2008年3月29日下午3时，我和刘贵彦生前战友一起，到机场迎接刘亚东父子。昆明的另外几名老兵得知此事非常感慨，他们特意制作了"爸爸，欢迎你回来看儿子"的横幅，在机场的"国内到达"出口处拉起。老兵刘桓明则手捧24朵康乃馨，翘首以待。

82岁高龄的刘亚东老人一出来就看到了横幅，眼眶顿时湿润。那束鲜红的康乃馨让老人感到一种久违的温暖，想念了24年的儿子，好像已近在咫尺。

第二天，我陪着烈士父亲前往文山麻栗坡。老人静静地站在儿子的墓碑前，只是抬手轻轻擦去儿子照片上的灰尘，然后拿出上海的烟和酒，还有儿子最爱的上海五香豆，轻声说："贵彦，我的儿啊，你吃吧，一个人在这里几十年，想家了吧？爸爸太想你了……"

墓园祭拜完后，我们又前往刘贵彦烈士牺牲的地方。正值清明时节，哪里都是阴雨蒙蒙。途经的群山都被笼罩在雨雾中，若隐若现，恰如灵动的水墨画。当偶尔能看到画着骷髅头的路牌，就说明目的地快要到了。同行的老兵解释说那是雷区的警示牌，战后有很多地方的地雷没有排除，为了避

刘贵彦烈士的母亲到麻栗坡烈士陵园扫墓的报道

免人畜进入危险地带，所以立了这样的警示牌。经过阵地哨所遗址，再往上拐几个弯就到了当年的炮阵地遗址。

刘贵彦烈士就是在炮阵地后面的雷达站牺牲的。刘亚东在炮阵地静静地看着远山，他喃喃自语："自古青山留忠魂。儿子啊！爸爸没想到，有生之年还能来看看你。"

这时，一个农村妇女抬着一个大簸箕路过，看到刘亚东，她放下簸箕过来问道："请问你们是哪里来的？好像不是本地人。这位老人是？"

我马上解释："大姐，这位老人是烈士的父亲，从上海来的。"

她听我这么一说，立刻瞪大了眼睛："上海？难道你就是'小上海'的父亲？他当时就是在这里牺牲的。"

我问她："你说的'小上海'叫什么名字？"

她说："我不记得了，但烈士里上海人只有一个，就是他。"

我觉得应该让摄影拍下这些情景。但我话还没说出口，这个大姐忽然失声哭了起来："老父亲呀！我们对不起你，你的儿子是为了我们才牺牲在这里的。这么多年，没有了儿子，你是怎么过来的？儿子牺牲了，真是可怜了你们这些老人。"

这个大姐哭得我们个个措手不及，大姐边哭边拉着我们，一定要去她家坐坐，说有东西给我们看。

九

大姐家有一栋两层楼的砖房，房前有一块宽敞的用水泥浇平过的院坝。大姐为我们端来了水果，还泡了一壶茶，她让我们坐在院坝里休息。

看着她上楼，我们纷纷猜测她会拿什么给我们看。不一会儿，大姐下楼来了，只见她抱着一大堆破布一样的东西朝我们走来。当那一堆东西放在我们面前时，我们都惊呆了。她抱来的全都是锦旗，内容都是关于支援前线的。大姐回忆说："当时'小上海'所在的炮阵地在我们这里，全村男女老少，只要是能动的，都去抬炮弹。那时我 20 岁，正当年，所以做得多一些，荣誉也多一些。'小上海'是我认识的第一个上海人，他为人很好，我们都很喜欢他。那天雷达站被炸，他受伤很严重。当时我们全村人排着队去献血，都希望能救活他。可是，医生说他的伤势实在太重了……"大姐说着说着便泣不成声。

听着别人口中的自己儿子，刘老的心情是复杂的，一方面为养育了这样的儿子感到自豪，一方面又因失去这么好的儿子而伤痛不已。

"烈士父亲麻栗坡之行"经媒体报道后，共收到爱心读者 15000 元的捐款。但是，这笔钱刘老没有要，他说能来"看看"儿子就已经很满足了，这些钱要捐给更需要的人。随后，他把这笔钱捐给了麻栗坡烈士陵园。

第二年的清明，烈士母亲孙杏英身体好转。在爱心人士的陪同下，她首次来到儿子牺牲的地方。"我昨天晚上好像看到贵彦了，他还是原来那个样子，他站在床边说：'妈妈，你终于来看我了。'我心里一酸，哭了起来，然后就醒了。这才发现原来是在做梦。"从昆明到文山的飞机上，刘妈妈说起儿子，又抹起了眼泪。

当年得知儿子牺牲的消息后，刘妈妈哭得眼底出血，视力急剧下降，多次心脏病发作，命悬一线。24 年过去了，刘妈妈满头白发，岁更迟暮。有生之年能到麻栗坡儿子的墓前祭扫一次成了老人最大的心愿。这一次，她终于如愿了。

刘妈妈拉着我的手说："没有人体会得到我的感受，光荣是要付出代价的啊！当年，他爸爸响应国家号召支援内地建设，离开了上海。我一个人带着 4 个孩子，只有自己知道日子过得有多艰难。贵彦是老大，小小年纪就很体谅我的艰辛。我工作忙的时候，弟弟妹妹都是他照顾。他学习成绩好，可惜他机会不好。在没有恢复高考的时候，想读书唯一的出路就是进部队。他下定决心进了部队，然后考上军校读本科。他是我们一家人的希望和骄傲。"

3 月 15 日，我陪刘妈妈再次站到刘贵彦的墓碑前，刘妈妈视力不好，要凑得很近才能看清墓碑上的照片。看清儿子后，老人悲痛不已，哭喊着说："这真是我的贵彦啊……贵彦，妈妈对不起你！原谅妈妈一直没有来看你……"

看着悲痛的刘妈妈，我也顿时泪如雨下，我连自己的情绪都无法控制，更不知道该如何去安慰伤心的母亲。刘妈妈越哭越激动，差点昏厥，几个老兵赶紧扶住她。一旁的医生也着急地劝她，不能这么激动，老人身体本来就不好。

我一边抹着眼泪，一边想着还要写报道，赶紧端起相机按下快门，定格了刘妈妈悲伤的瞬间，也就是王会看到的那张照片。

刘妈妈悲伤过后，人慢慢平静下来。只见她从衣服口袋拿出一个小塑料袋，又从儿子的墓上取了一些土，说："贵彦，你想妈妈了吧，妈妈这就带你回家……"

刘妈妈抓一把坟上的土，诉一句思念的苦。她知道，此生来到这里看儿子，是第一次，也是最后一次。回程的路上，刘妈妈始终把小塑料袋紧紧抱在怀里，像抱自己儿子一样小心翼翼。

应刘妈妈的要求，我们也陪她去了芭蕉坪。她在路上对我说，云南虽然好山好水，但如果不是儿子长眠在这里，她怎么会永远记挂着这个地方？如果不是大家的关爱，她也无法了却心中所愿。

在战友的记忆中，刘贵彦为人大方热情，性格很好，除了这些优点，他还是雷达站唯一的本科生，是非常难得的技术人才。刘贵彦牺牲的那一天，看到战友刘桓明，他很高兴地拿出珍藏了很久的一条云烟分发给大家。那时一包云烟要1块钱，对于当兵的人来说可是奢侈品。

刘桓明说："贵彦牺牲当晚，我从营部到他们那里去送资料，一直待到凌晨1点多才离开。走的时候怕被敌人发现，没有打手电，摸黑走。下山大约半个小时，就听到山上有爆炸声响起。我赶紧返回去，只见贵彦躺在血泊中，还能说话。他让我赶紧救其他人，他还撑得住。当时分队 23 个人全都负伤了，有 4 人当场牺牲。贵彦被送到救护所后，因失血过多，没能救回来。"

刘妈妈很感伤，说她最怕听的歌就是《血染的风采》，听一次哭一次。在儿子牺牲的地方，刘妈妈也取了土装进另一个塑料袋。做完这一切后，她说这就算把儿子带回家了，以后再想儿子的时候，就看看这些土。

刘贵彦烈士父母的云南之行，我跟踪采访了两年，不但深入了解了那段并不久远的战争，也近距离结识了刘贵彦烈士的家人，和他们成了无话不说的好朋友。后来上海滨海古园专门为刘贵彦烈士建了衣冠冢，将其打造成"爱国主义教育基地"。时至今日，我一闭上眼睛，脑海里还会浮现出孙杏英老人的满头白发和哭红的双眼。每一次写稿的时候，我几乎都眼泪哗哗，难以自抑。人们看到的大多是那些丰功伟绩，看不到荣誉背后，失去了儿子的双亲每天是如何在悲痛里煎熬，孤苦度日。

当年，随着报纸每天几十万的发行量，烈士的故事与读者见面了。关注烈士父母的读者特别多，尤其是不少参战过的老兵，都要了我的电话，诉说看报道后的感受，有时候话多得电话都没法挂断。

但我确实没有想到，王会这样的读者也在一字一句地咀嚼我的报道，并要为此交出自己的后半生。

王会在他的出租屋里弹唱由他自己作词作曲的歌

✝

王会拿开报纸，招呼我坐下。墙边确实有一把吉他，他说那是他唯一的财产，也是他最心爱之物。

王会说完抱起吉他，突然间沉默了。他摸了又摸，喃喃地说："我要是去自首，就不能再带着它了……"

"听说监狱里也有宣传队，你吉他弹得好，可以申请加入，到时候去舞台上弹唱。"我赶紧劝慰道。

"如果可以的话，我肯定让他们刮目相看。"王会说着，弹响了吉他，用沙哑的声音高声唱道：

"1997年那个夜里，我扒上了火车远离亲爱的家乡。我丢失了理想的行囊，再也找不到人生奋斗的方向。一个人背着吉他四处去流浪，心里装着我对不住的爹娘。背井离乡我何处躲藏，尝尽了浪迹天涯四处逃亡的凄凉……"

他唱得声嘶力竭，吉他的弦快要被扯断了，引得邻居都跑到门口来张望。见有人来，王会停止了弹唱，站起身去把门关上后，一屁股跌进老旧的沙发里，再次陷入沉默。

我没有说话。只见他目光低垂，点燃了一支烟，狠狠地吸了几口，又抬起头问我："你说我这样的人活着还有啥意思？我怎么就活到了这个份上？"

王会又陷入了回忆，说自己从小在老家那条街上就是个人物。可惜小学没上完就开始混社会，19岁就坐了牢。而且还是两次：第一次2年，第二次6年。杀人之前，他刚刚从酒泉戒毒中心回家，他想过要好好做人，因为在戒毒所认识了一个女的，从戒毒所出来，他和这个女的好上了。王会带着这个女的回了兰州，打算一起去摆摊卖烤串，靠自己的努力过上正常人的生活。

然而事与愿违，意外再次来临。

王会说，那一天他和女朋友刚从家中出来。没走多远，就有 4 个人骑着摩托车撞了过来。原本只是简单的擦碰，因为带着女朋友，王会喊对方下车道歉。没想到，对方不但不道歉，下车还要动手，其中两个还捡了路边的砖块来拍他。在自己的地盘上，身边还跟着心爱的女朋友，王会哪里忍受得了这样的事？他顺势拿出随身携带的刀，没等拿砖的家伙把砖拍他头上，他的刀已经刺进了那人的身体。一个被捅倒了，又捅向第二个，另外两个被王会的狠劲儿吓傻了，撒腿就跑。

一会儿，当一切安静下来后，王会见躺在地上的两人情形不太对，便丢下女朋友跑了。到晚上才给巷子里小卖部的老大爷偷偷打电话，才知道白天捅倒的两个，一个在现场就死了，另一个送到医院不知死活。老大爷让他有多远跑多远，永远不要回去。对于已经屡进监狱的王会来说，他知道这次如果再进去，肯定得吃枪子儿，当即决定逃亡。

回忆到这里，王会的情绪特别激动。他随手抄起沙发上的报纸，指着烈士报道说："如果我 19 岁那年是进部队当了兵，而不是去坐牢，哪怕最后像他一样当了烈士，至少我妈可以骄傲地做人，不会因为我受委屈。现在，一万个后悔都来不及了。"

　　见王会再次提起母亲，我感觉机会又来了，于是赶忙帮他分析投案自首的利弊。我柔声细语地劝导他："一切都来得及，只要你对自己有信心，就一定能做到的。对于主动自首的人，法院都会从轻量刑，我也会把我所了解到的情况告诉警方，帮助你争取宽大处理。你现在才41岁，就算判20年的刑，在监狱里表现好还可以减刑，出来还有时间重新做人。"

　　见王会若有所思，我继续劝他，自首后也算有个归宿，家人想他了也能有个地方来看看。我自己也是母亲，我特别能理解，一个做母亲的，不管她的儿子是烈士还是罪犯，她都想知道自己的儿子在哪里。如果他的母亲知道儿子在努力改正，她该有多么高兴。我知道母亲是王会的软肋，于是尽可能抓住每一个可以感化他的机会，希望能帮助他坚定自首的信心。

　　王会听完，还是没有说话。他想了想，起身向床边走去。只见他从枕头下翻出一张纸，返身继续坐在沙发上。他说那是他到寺庙里为父母求来的符，上面有他父母的名字。"我只能以这样的方式尽孝了。现在我把它交给你，你去的时候，给我妈妈，告诉她，儿子每时每刻都想着他们，每时每刻都希望他们平安健康。你说吧，接下来我怎么做？我听你的，最乐观地想也得20年，我把这20年交给你了。"

　　王会说得很诚恳。我接过那张符，小心地收好，答应他一定会亲手交给他的妈妈。王会听闻，这才站起身，把吉他放到沙发上，对我挥了挥手，说："走吧，我跟你去自首。"

我如释重负，起身先出了门。王会跟在我身后出门，他把房门锁上以后，把钥匙也交给了我。客观地说，我的心情很复杂。劝他自首是我此行的目的，但是，看着他把自己最重要的东西一样一样放到我手中时，我内心有种说不清楚的沉重感。

我是个记者，真实记录并还原真相是工作重点。左右人物命运，是不是越界了？我极力劝说王会投案自首，若是成功了，皆大欢喜。如果他不愿意投案自首，我如何向警方交代？目前，整个事件还在发展，若是稍有差池，后果将是我所承受不起的。

"我们去公安局，走路还是打车？进了那道门就不会再有现在的自由了。"王会从巷子走出来，站在街边，看着我，似乎又开始犹豫了。

"大哥，你真的要想好。我挺敬佩你，自首需要很大的勇气，如果你没想好，我再陪你想想？"我担心他看出我的焦虑，只好摆出一副无所谓的姿态。我最担心的问题一直都在。

"你叫我大哥，我得有个大哥的样子嘛，出尔反尔的人怎么配得上你这声'大哥'。天太热，我们打出租车去吧。"他忽然表现得洒脱至极，反而让我为自己一直沉不住气感到尴尬。

上车后，坐在副驾位的他扭头看着我，说："放心，你等着，有一天我还会回来的。"王会说完，还对我做了一个胜利的手势。

出租车司机问："去哪？"

我说："公安局。"

没想到我话音未落，王会扭头对司机说："先不去公安局。"

王会转头看着我，继续说："我想带你去见一个人。"

见人？见什么人？我的心"咯噔"一下。

十一

只要我们还没有踏进公安局的大门去自首，一切就还会有变数。但是此刻我只能装出很配合的样子，问他要去见谁。

王会没有直接回答我，只是转过头看着前方，对出租车司机说去农贸市场。我又一次硬着头皮听从了王会的指挥。

出租车穿过一条街，很快就到了一个农贸市场。我还在付车钱，王会就已经下车径直往巷子里走去了。我赶紧三步并作两步跟上去追问道："你还没有告诉我要来看谁。"

"一会儿你就知道了。"他坚定地说。看来这个人对他来说一定非常重要。

之前那种不安的感觉再次袭上我的心头。他要见的到底是什么人？他执意要去找那个人，是简单的道别还是有别的事？如果那个人阻止他去自首，我该如何应对？

我看了下时间，已经下午4点多了。我心里越发焦虑——再这样拖延下去，难道还要请他吃个晚饭？吃饭事小，万一他一拖再拖，思想再有个反复，不想去自首了，我就真的被动了。

跟着王会在小巷子里七拐八绕，我的脑子也乱成了一团糨糊。事先虽然想好了很多策略，可想再多，计划没有变化快。我万万没料到，中途居然能有这么多的插曲：午饭之后他要回家去唱歌，现在又要去见人。事实证明，事情从来都不在我的掌控之中，反而是我一直都在被他牵着鼻子走。

我焦躁不安地跟着王会，来到市场深处，他在一个商铺门口停了下来。一个大婶坐在门口专心择菜，她抬头看见王会，站起身招呼说："大兄弟，你又来看小乌龟呀，他不在，你们先来屋里头坐坐吧。"

王会有些失望，一边回答大婶，一边伸长脖子往商铺里望，又转头向巷子的两头望了望。大婶转身进屋端了一小篮柑橘出来，放在门前的小桌子上，拿了一个塞给王会，又拿了一个塞给我，和王会热情地聊了起来。

他们的谈话令我一头雾水，"小乌龟"到底是谁？

没等我开口问，嘴快的大婶就注意到我了，问我是做什么的、怎么从来没有见过我。还没等我回答，王会便有些炫耀似的回答："大姐，她是记者。从省城来的。"

他特意把"省城"两个字说得很重、很认真。大婶一听也来劲了，让我这个昆明的大记者，一定要好好采访一下王会这个"大好人"。

我总算弄明白了，王会来到宣威开发区农贸市场后，见这个外号叫小乌龟的男孩没人管就打算收养他，而且曾经把小乌龟带回过他的出租房里，但小乌龟似乎不习惯有家的生活，住了两天又跑回农贸市场流浪去了。

　　见大姊使劲夸自己，王会有些不好意思，他说小乌龟这么小就流浪，实在看不下去，就买点吃的给他，只能做到这一点了。他曾经想把小乌龟送到福利院去，希望他能受教育。

　　我听后好奇地问："为什么希望他能受教育？"王会告诉我，他从小乌龟身上看到了自己的影子。自己小时候就是不喜欢读书，喜欢到处混。小乌龟如果长期这样混下去，绝对是第二个自己。但他至少还有父母，有哥哥、姐姐疼爱，小乌龟就是个没人疼的野孩子。

　　"我的人生都混到如此境地，他将来岂不是更惨？"王会说完，很无奈地摇了摇头。

　　见小乌龟不在，王会便和大姊告别，说自己要出趟远门，很久很久以后才会回来。而且让大姊一定告诉小乌龟，要好好做人，说这是他交代的。

　　大姊很好奇王会要去哪，王会没有直接回答，只是卖关子说要去做一件大事。这么一说，大姊更想弄个明白了，越问越来劲。

　　看两人聊得正欢，我不敢轻易打扰，站在一旁无比煎熬。

　　聊到最后，王会眯着他的小眼睛，突然说："我说我杀过人，这事够不够大？"

　　大姊哈哈大笑："哄鬼！就你那样儿，还敢杀人？逗我玩也不找个靠谱的事说。你要是再这样的态度，小心下次来连白开水都没得喝。"

王会狡黠一笑："你信也罢，不信也罢，我懒得啰唆。不过今天来跟你告别是真的，我真的要走了，要回老家，也不知道下一次回来会是什么时候。大姐，你多保重，我走了。"

说完，王会对着大婶潇洒地挥挥手，然后转身看着我说，他现在可以跟我走，我说去哪就去哪。我在心里默默念了句"阿弥陀佛"，赶紧跟大婶微笑告别。

万万没想到，大婶竟然热情挽留我们在她家吃完饭再走。我一听，心想坏了，她这不是捣乱吗？王会一听，却很来劲，要走的脚像是灌了铅似的，又定住了，问大婶是不是真的，有没有大菜。

见王会要嘴皮子，大婶忍不住笑了："滚！还想吃大菜？也不看看自己那熊样！"

"熊样"这个词可能刺激到了王会，他挺直了背，说："我好歹曾经也是做过大哥的人，我做过的事说出来吓死你，居然还敢说我一副熊样。"

"我可不是被吓大的，说来听听？看看我会不会被吓死？"大婶一屁股坐到凳子上捡起一把菜，一脸不屑地看着王会。

王会有些恼怒了："我说你这人咋不识货！我是不是大哥，你等着明天看看新闻就知道了。到时候别说自己眼瞎竟然错过了一个'人物'。小妹，我们走。"

　　王会说完，转身就向巷子外走去。我忽然觉得他这番话再配上转身的样子很"帅"，赶紧小跑两步跟上他的脚步。大步向前的王会对我说："小妹，我说过，我是个说一不二的人。你叫我一声大哥，我就得有大哥的样子。你说，等明天这娘儿们看了新闻，会不会被吓到？我平时不发威，她们觉得我是病猫，其实哥是只猛虎。"

　　我不知道王会和这个大婶熟到什么程度，但能理解王会，亡命天涯这么些年，心里装着天大的秘密，肯定是很辛苦的。现在终于可以解脱了，说几句硬话也是很痛快的。

　　来到巷口，我抬手招停一辆出租车，王会照旧上了副驾驶位，我坐在后排。上车后，还没等我说去公安局，王会就指挥司机说："去火腿广场。"

　　我愣住了，大哥又要干吗？不会是一直要拖着我玩吧？

十二

　　我刚想问，王会就转过头来对我说，他想去火腿广场看看小乌龟在不在，那娃平时很喜欢去那里玩。

　　看来是我多心了，也许小乌龟真是王会在这个地方最放心不下的牵挂。已经 41 岁的他，既没有妻儿又没有家。但对无家可归的小乌龟心生怜悯，对小乌龟照顾有加，这是他人性中光辉的一面。

　　我忍不住对王会说："王大哥，如果不是因为当年一时糊涂犯了错误，你一定能活成自己喜欢的样子。今天你能醒悟过来，真的很好，你还有机会把失去的人生找回来。希望将来有一天，我能看到一个堂堂正正的大哥。"

"小妹，有你这句话我很感动。说实话，这些年我受够了，我去自首，去给死者的母亲道歉，我认罪伏法，接受应有的惩罚。将来我一定行不更名，坐不改姓，堂堂正正地做人。"王会说话时，两次转过头看我。

很快，出租司机一脚刹车把车停在路边，说火腿广场到了，王会转过头看着我，突然说："你在车上等我，我去看看，马上回来。"

刚才我们聊得很好，他对我有足够的信任，让我也有机会试着说了很多对他来说可能会很敏感的话。但停车打断了我们的谈话。现在，他说他要下车，让我在车上等他，我一时间不知该说什么。如果我在车上，他下车逛着逛着就消失不见了怎么办？如果我要下车跟着他，明显就会让他觉得我不信任他，这样会不会令他反感？

正在我进退两难时，出租车司机忽然转过头，很抱歉地对我说他突然想起有个要紧事要办，让我也下车，车费他不收了，让我们重新打个车。谢天谢地！出租司机帮我救了急。我赶紧说："师傅，那谢谢你了！"

我们刚下车，出租司机就一脚油门走了，我觉得这个司机是有意在帮我，肯定是我和王会在车上的对话让他听出了什么。不管怎么说，这一刻我是万分感激他的，我知道自己并不是一个人在战斗。

我跟着王会在火腿广场转了一圈，这里并没有小乌龟的身影。看得出来，王会很失落。我们又打了一辆出租车，这一次，我先坐到后排座。

我没有说话，王会主动跟司机说去公安局。说完他回头诡异地一笑："这下你该放心了吧？"

我很疲惫，之前一夜没睡，今天又跟着他跑了一整天，说实话，我都有点泄气了。我看着他也笑了笑，说："我放不放心倒是次要的，关键是你得放心对吧？做一个放得下心的人，便能做一个安心的人。现在，就算全世界都愿意成全你，最终你需要的还是自己对自己的成全。你说对吧？"

王会想了想说："嗯，仔细想想真是那么回事。感谢老天让我认识你。"

我们陷入了短暂的沉默后，出租车终于停在了宣威市公安局大门口。我和王会下车，出租车开走了。就在我们准备进公安局时，王会的手机突然响了，他拿出手机并没有立即接通，而是以极快的速度穿过车流，跑到了马路对面。

我呆呆地看着马路对面的王会，大脑一片空白。从中午与他见面到现在的近5个小时里，他的手机从未响过，我甚至都忽略了他还有个手机这事。而我的手机响过4次，每次我都是直接按掉不接，我不想因为接电话让他产生不必要的误会。

这都来到公安局大门口，只差一步就成功了。这个电话来得可真是时候，究竟是在考验我还是在考验他？他会不会在这紧要关头忽然改变主意？要是他反悔了，我要报警吗？

公安局就近在咫尺。

要不要报警？我心跳加速，脑补各种抓捕画面。现在报警抓他应该没问题，但我又该如何自处？

十三

隔着嘈杂的马路，我听不见王会在说什么。他眼睛始终和我对视着，或者他看出了我的不安，也或者他是故意想看看我能否沉得住气。短短的几分钟如同几个世纪般漫长，我的视线始终没敢离开他。报不报警？内心的纠结仿佛快要把我撕裂了。

终于，王会挂断电话，从马路对面走过来，他故作轻松地说："你是不是怕我跑了？呵呵，你放心，我不会跑的。走，进去吧。"

"王大哥，你想好啊，进去了，你的未来和过去就是两回事了。"我不敢问他打电话的事，却没忍住再次提醒他。事实上，在没有走进这道门之前，我的心里始终是不踏实的，投案自首，得是他心甘情愿才可以。

"走，大哥带你进去！既然都和你说好了，就没有回头路啦！"王会说着转身朝公安局大门走去。这是我一直期待的剧情，但现在却有种来得措手不及的感觉。我紧跟几步与他并排走进了大门。

这时，有个穿着制服的警察正要出门。他看见王会，惊讶地问："你到公安局来做什么？"

王会淡定地说："我杀人了，来自首的。"

"什么！你杀人？就凭你？开什么国际玩笑！"这个警察和我们擦肩而过，他甚至都没有停下脚步。

我惊奇地看着王会说："你们认识？"

王会还没来得及回答我的问话，又有一名警察从办公楼出来。他看见王会迎面便问："你来做什么？有什么事？"

王会说："我来自首。"

警察说："什么情况？"

我说："他杀了人，我是陪他来投案自首的。"

警察眼睛瞪得溜圆："真的假的？你们去刑侦科吧，这道门进去，二楼。"

公安局似乎人人都认识王会，这又是什么情况？

我满心狐疑地走向刑侦科。上楼的时候，还有人陆续和王会打招呼，好像很熟悉的样子。只不过他们喊的是另一个名字。

见我快惊掉下巴的样子，王会得意一笑，说："你忘了我是擦皮鞋的吗？我经常在警察局大门外擦鞋，所以他们很多人认得我。"

一个被网上通缉的杀人犯居然天天在警察局大门外擦鞋。他的心理素质，我不得不服。所谓"人生如戏，全靠演技"，关键是他居然能演到警察的眼皮子底下。

来到刑侦科，这里的警察大多认识王会。我赶紧自报家门。

听完我一本正经地介绍，接待的警察愣了一下，很快便回过神来，赶紧向领导做了汇报。

我和王会被带进科长办公室。科长打开电脑，在追逃嫌疑人的搜索栏里，输入了王会的名字后，相关信息立刻就跳了出来。

我凑上去一看，电脑里那张照片上的人，看起来像个孩子。而眼前的王会，未老先衰，41 岁的他已经满头花白，像个历经沧桑的老人。

"科长，这个人就是我，这张照片是我六年级的。难怪我这么多年安然无恙。警察要是按照通缉令上的照片抓人，猴年马月才能抓到这个人啊。"王会笑出了声音。

我也觉得这事很"乌龙"。但毕竟是在公安局，我也不便有过多言语。科长说："既然是这样，不好意思，我们只能公事公办了。"

科长立刻让隔壁的民警拿来一副手铐，铐在了王会的双手上。王会把手机和其他随身物品递给我，让我帮他收着。但是，按照规定，他的私人物品应交由相关部门保管，不能交给我。因此民警找来个塑料袋，把王会的东西都装在塑料袋里，写了个清单，让王会签了字。

警察告诉他："你放心，你的东西我们会替你保管好的，将来都会还给你。"

王会看着手上的手铐，说："这副手铐 12 年前我就该戴上的。汤记者，再让我对你说一声谢谢，是你的鼓励，才让我鼓起了勇气走进这道门。你知道吗？我现在彻底轻松了！

我是王会，我不用再东躲西藏，也不用天天换名字。警察同志，她是个好记者，我把她交给你们了，你们要把她照顾好。"

听王会这么一说，我真是百感交集。

按照自首程序，我陪王会做完笔录离开了公安局，此时已经华灯初上。离开时我已没机会见到王会，甚至没跟他说再见。

走在大街上，微风拂面，我感觉风都是甜的。时间最大的作用就是把一切都变成过去式。昨天晚上这个时候，我接到王会的电话，然后整夜难眠，计划着我要做什么，设想着各种结局。今天晚上的这个时候，我已经完成了既定的任务，一身轻松地走在路上。我依然不太相信这一切是真的，但摆在眼前的结果，让我感到所有的冒险都是值得的。

王会跟我说，逃亡这些年，他常常做噩梦，从未睡过一个安稳觉。我想，这个夜晚，他应该能睡个踏实觉了吧。

如果有梦，也许还能梦到他的妈妈。

十四

王会投案自首的报道发出后，引起了广泛关注。同事说我是英雄，开了记者采访之先河。而我想的只有未完的承诺。

我答应过王会，要去兰州看望他的母亲，然后想办法让他们母子尽快见面。况且我还装着他让我给他父母的平安符，我不能食言。我主动联系到兰州警方，申请能不能跟随采访。

兰州警方经过讨论后同意了。10多天后，兰州的两个警察来云南办理交接工作。我和摄影搭档老炳也于4月5日上午，来到了宣威市看守所。

隔着玻璃我看见了王会，他较之前精神了许多，正在认真配合警察工作，并没有注意到我。直到兰州潘警官给他戴上手铐和脚镣，他才看到了我。他先是一惊，继而笑了起来，高兴地说："汤记者，没想到你真的来送我啊！"

我也说："对啊，我不只来送你，还要陪你去看你妈妈。我跟你说过的，我也是言出必行，说一不二的。"

潘警官接话道："王会，你这次动静整得有点大了，都上报纸了。你真'行'啊！"

王会笑着对潘警官说："一般一般。都是汤记者人好，才给我上报纸的。我主动投案，也算是给坏人做了个榜样啊，这是汤记者说的，值得宣传。"

说话间，警车一路鸣笛，我再次来到王会的出租房。十天没开过门的屋子里弥漫着一股霉味，潘警官让王会收拾一下要带回兰州的物品，然后很快就出发。

王会自言自语道："终于可以回家了。心情有点激动。"

说着，王会找出一个纸盒子，里面有一个信封，信封上写着"大理云龙县民政局"，信封里是一本离婚证，男方名叫"燕照金"。这个名字很特别，我一眼就记住了。王会说，那是他的假身份。这本离婚证对王会来说，应该意义非凡，只见他异常小心地收好了离婚证。

王会转头看到沙发上的吉他，满脸忧伤，他拿起吉他又唱起他想念家乡的歌。由于戴着镣铐，一只手拿着吉他的王会只能清唱，直到唱完歌，他才把吉他放回沙发，说："这里的东西我都不要了。没想到，我回家的唯一行囊只有这副镣铐，惭愧呀！"

不知什么时候，门口围满了人。大家看着里面，窃窃私语："看不出来呀，平日里老实巴交的人居然是个罪犯。"

王会听到后，对门外说："知道什么叫'人不可貌相'了吧。以后大家要提高警惕了，不然你根本不知道整天和你嘻嘻哈哈的那个人到底是好是坏。"

潘警官见王会这副模样，忍不住说："别把自己搞得像个明星似的。赶紧的，时间紧着呐。"

离开王会的出租屋时，外面已经聚满了看热闹的人，我们是从人群中挤着出来的。我敢肯定，这件事绝对够这条巷子的人议论好几年。

在宣威市公安局食堂吃完午饭后，我们一行人就直奔火车站了。上车后，王会像变了个人，能说会道，跟第一次见面时相比简直判若两人。

他说，当年出逃时，坐的就是火车。没有钱买车票，就想办法和列车员套近乎，不仅要主动、勤快，还得手脚干净，这对王会来说简直是煎熬。他的偷盗技术了得，能在擦肩过时神不知鬼不觉地偷走对方的东西，而在火车上却只能忍着，害怕被抓后因小失大。

卸下伪装的王会感慨说："我能迈出这一步多不容易。以我的罪行，即便是自首最少也得判 20 年，等我出来都 60 多岁了，人生还有什么意义？"

我的同事老炳一听，打趣道："那你还自首干吗！是不是当时受了她的蛊惑，脑子不清楚了？现在后悔了是吧？"

王会的小眼睛笑得眯成了一条缝，他说他小时候曾喜欢过一个女孩，就在他家隔壁，可惜那姑娘太优秀了，王会从来都没有和她说过话。只能远远地看她，别说是有人欺负她了，就算是动动念头都不行，他就在背地里给收拾了。

"你肯定是暗恋人家姑娘，后来呢？"老炳问。

"也许她从没注意过我，也不认识我，因为我们不是一类人。我杀人那年，听说她考上大学走了，而我也'走'了，我们就这样各奔'前程'了。"

老炳哈哈大笑起来，说："各奔'前程'，说得太好了！看不出来呀，你心底还藏着一段这么美好的初恋。"

王会不好意思地笑了一会儿才说："兄弟，不瞒你说，汤记者和那个女孩长得很像。"

老炳一听，"不怀好意"地看看我，又看看王会说："原来如此，现在我总算是想通了……"

我回想和王会的交流过程，发现他确实很尊重有文化的女性，这可能也是我成功劝他自首的原因之一。旁边的警察忍不住插嘴："就你，还敢惦记人家女大学生，想得挺美呀。"

王会逃亡期间每天就是这样提着擦鞋箱讨生活

王会投案自首的报道

　　我见气氛活跃起来，就抓紧机会采访王会。令我们所有人没想到的是，王会的逃亡路上，还真和一个漂亮的女大学生有一段难忘的恋情，他甚至差点为此自杀。

十五

　　见我们一个个都想听他的故事，王会卖起关子来："想让我讲故事，先给支烟抽抽吧。"

　　老炳问潘警官："警官，我可以带他去车厢接头处抽烟吗？"

　　潘警官想了想，答应了，随后他和老炳一起带着王会出了软卧包间。为保证押解过程的安全，王会坐的是软卧，我为了采访，也购买了同间软卧的票。

　　老炳说："王会，你待遇真好呀。我们是沾你的光才有软卧休息，烟也有专人给你备好。"

　　王会说："兄弟，你就别调侃我了。要不是你们，我哪有这个待遇？人生头一次坐软卧，还是警察给买的票。谢谢潘警官，我回去以后，一定认罪伏法，尊重法院判决，决不上诉。"

　　车厢来往的旅客看到有个戴镣铐的人，有好奇的，有远远躲开的，也有窃窃私语的。有好事者甚至来打听王会犯了什么事。潘警官不得不提醒王会，赶紧抽完烟回包间去。

　　王会大口猛吸了几下，直到香烟燃到过滤嘴，他才按灭在垃圾桶上的烟缸里。回到包厢，王会说在看守所 10 天没抽过一支烟，现在舒服多啦，可以给我们讲故事了。

王会说案发当晚，他就决定逃往新疆，因为北方口音在南方很容易被发现。他先跑到离家大约十几公里外的地方，躲了两天。第三天晚上，他混上了开往新疆的火车，那是1997 年 10 月 26 日深夜。

火车进了新疆后，王会伺机偷了一个下车旅客的钱包，里面有 100 多块钱，还有一个安徽籍的身份证。王会本来想用这个身份证去打工，但又觉得不妥，人长得不像不说，他也不会说安徽话，很容易露馅。

不能找正经工作，王会便先躲进了煤矿，第一份工作是爆破和推煤车。工钱很少，是按推煤车的数量来计算。工钱少王会都不管了，反正他是为了逃命，只要有个能安身的地方就很知足了。可从小在城市里长大的王会哪里受过这份罪？一偷懒就被监工盯上，弄不好还得挨打。

日子过得苦不堪言不说，关键的问题还是怕警察。王会白天干重体力活，夜晚睡觉却从来没有踏实过。天天做噩梦，没有多久就感觉力不从心了。

才干了一个多月，就"出事"了。一天傍晚王会突然听见警车响，只见好几个警察来到煤矿查人，听工友说是来抓逃犯的。王会来不及核实真假，撒腿就跑了。他不敢走大路，天黑的时候迷路了。王会在一个岔路口正犹豫该走哪边时，突然看见一只狼虎视眈眈地坐在山坡上盯着他。

那天晚上月光很明亮，王会当时就绝望了，这是天要灭他呀。

"我看着狼，根本就不敢动，我期待着它能发发善心离开这里。但是，我不动，狼也不动。我们就这样对视着，一直耗到天亮。可笑的是，等到天大亮时，我才发现那匹'狼'只是一个形状极为像狼的树根。我重新挪动身体时，才感到全身酸痛，不能动弹了。"王会的回忆把在座的人逗得大笑不止。

老炳笑了半天才说："快把我笑岔气了。你就是个天才。杀人埋没了你讲单口相声的天分，可惜了。"

王会离开柳树沟煤矿后，又辗转去过多个煤矿，最惨的是在奎屯煤矿。煤矿有专门的打手，矿工不但拿不到工钱，连逃跑都很困难。王会不甘心，好不容易死里逃生来到这里，难道还是死路一条？不行，得逃出去。

王会邀了另外两个矿工一起逃跑。为了实现这个逃跑计划，他们整整筹备了5个月。终于有一天深夜，机会来了，王会到厨房偷了把刀，心想如果遇到打手就拼了。走投无路的他，只能豁出去了。王会说："又不是没有杀过人，多杀几个也无妨，况且这些人本来也不是什么好东西。幸运的是打手没有发现我们，我们一路跑到了奎屯市。"

成功逃脱后，三人身上一共只有7块钱，他们买了几包咸菜和一瓶酒，一番痛饮后，睡了一个安稳觉，各奔东西。

在逃亡过程中，王会什么苦都吃过，他也什么都不怕了，唯独过年。

王会说怕过年不是因为想家，而是你一个外地人，过年不回家容易引人怀疑。他记得在新疆的第一个春节，因不敢在那里逗留，准备偷偷回兰州。然而，当火车到达兰州的时候，他内心无比慌张，不敢在兰州停留，直接混上火车去了上海。

在上海的虹口区，王会进了一家过年照常营业的兰州拉面馆。他和老板套近乎，说自己的工钱被偷了，不能回家过年了，问能不能收留他。结果正赶上拉面馆生意挺好，需要帮手，女老板便留下了他。虽然薪水不多，但王会不在乎，他很感激对方，干活的时候特别卖力。

王会的勤快很快被老板赏识，经常夸奖他。老板的态度让王会有些想入非非，他甚至一度幻想着与老板喜结连理，在上海安家。然而，就在两个人越走越近的时候，老板的男朋友来了。王会这才知道老板有男朋友，而且也在上海开拉面馆，只不过是在另外一个区而已。两人间的暧昧很快被发现，接下来自然是王会主动走人。

王会无处可去，又扒上火车返回了新疆。由于在上海有了拉面馆工作的经验，王会这一次来到新疆库尔勒后，找了一个会做拉面的师傅，一起开拉面馆。

师傅名叫燕照金，1969年出生，只比王会小1岁，甘肃正宁县人。王会得意地说："我一看他的身份证就笑了，身份证上的照片和我简直一模一样，而且我们年龄差不多，都是甘肃人。我觉得是上天的安排，我找对人了。"

王会用燕照金的身份证办理了营业执照，拉面馆正式开张了。由于害怕被人发现自己是杀人逃犯，王会努力"积德行善"。他给街上年纪大的拾荒老人送拉面。有些没钱吃饭的人，只要把情况说明，他也就不收钱。王会的伪装很有效，大家都说他是个好人。更没想到的是，一个经常来吃拉面的女大学生竟然也因此爱上了王会。王会自己回忆起来都觉得不可思议，这个女大学生不但长得很漂亮，个子也比王会高。

刚开始，王会对她更多的是同情，想不明白那么好的一个女人为什么会被男友抛弃。直到两人好上并同居之后，王会才慢慢发现，女大学生的心气很高，她内心其实一直看不起王会，只是临时找王会填补感情空缺。

她嫌王会做拉面生意挣钱太少，让王会大点胆子去闯一闯。王会背着命案，哪里敢闯。在一次争吵中，女大学生说王会鼠目寸光，就是个窝囊废。这话彻底伤了王会的心。和女大学生在一起时，王会常常在深夜被噩梦惊醒，他无数次设想，如果对方知道他是个杀人犯，会是什么样的反应？王会不敢往下想。

思来想去，他决定离开，以维护自己在女大学生心目中那个虽然有点窝囊，但是很善良的形象。这样对大家的伤害都不大。离开拉面馆那天，王会没跟任何人说，只悄悄带走了燕照金的身份证，他需要掩饰真实的身份。

开拉面馆的那段日子无疑是王会逃亡生涯中最辉煌的时刻。那时，他真正想洗白自己，做回正常人，有家、有事业。离开拉面馆和心爱的女人是王会最绝望的时刻，他开始迷茫，第一次感觉到了生不如死。

这一次，王会彻底离开新疆，一路直奔云南边境。他已经想好了，要伺机逃到境外。但是到了云南普洱后，王会发现这地方不错，想在这里逗留几天疗疗伤。

普洱地处云南边境，和缅甸、老挝、越南都接壤，不仅气候宜人，还是北回归线上最大的绿洲，被联合国环境署誉为"世界的天堂，天堂的世界"。从小在西北长大的王会一下子被这个边境小城给吸引了，他在思茅机场边上租了一间民房。

因感情受挫想发泄，王会想到了吸毒，但新到一个地方，钱不多不说，也没有购买毒品的线索和途径，他只有成天喝酒。这样醉生梦死的日子只过了一个多月，王会从新疆带来的 2000 多元钱就花光了，生无可恋的王会决定去死。

十六

死在一个风景宜人之地总比死在黑煤矿要好很多，此刻王会觉得，死也算人生"最好"的归宿。打定主意后，他到街上的农药铺子里买了一瓶"敌杀死"，然后又到经常吃饭的小吃店赊了些小菜和一瓶酒——王会决定吃完菜，喝完酒，就喝农药自杀。

王会一边喝酒，一边想着心事。他想父母，想哥哥姐姐，也想初恋女友，担心她又回到烂人堆里再次染上毒瘾。当然，最想的还是看不起他的女大学生。一想到自己的过去，王会心里就不甘，为什么自己那么背运，人家都能越混越好，自己怎么就落得个亡命天涯的下场。

　　想着想着，王会就醉了。直到第二天一早，房东来找他要房租，才把他叫醒。看着杯盘狼藉的房间里还有一瓶农药，房东问王会怎么回事，见他支支吾吾解释不清楚，房东就把农药扔了，同时也把他赶了出去。

　　既然不能死，"怎么活"成了个大问题，王会重新开始找工作。

　　他先来到一家洗车场，想在这里找个落脚处。当得知一个月的工资才150元时，王会很失望，他好歹也是开过拉面馆的，这点工资实在看不上。就在王会准备离开时，意外看到一个拎着擦鞋箱的人路过。他脑筋一转，当即决定也去擦皮鞋。

　　当时王会口袋里剩下不到100元，他用25元请木匠做了一个擦鞋箱，再花40元买来鞋油和擦鞋刷。第一天王会就赚了50元。王会很想把擦皮鞋当作一个事业来做，但他担心假身份证被识破，于是只能拎着个擦鞋箱满大街找活干。虽然和开擦鞋连锁店的想法差距甚远，但也过得逍遥自在。

　　王会很得意，自认为在所有擦皮鞋的人中，自己的手艺和脑子最好。他说："我左手一个擦鞋箱，右手拎个密码箱。密码箱里都是高级货，遇到穿戴高级的人，我就会主动介绍密码箱里的高级货，普通擦鞋一次1块钱，高级擦鞋一次5块钱。其实用的材料都差不多，贵贱只是人的心理作用。"

　　干了擦鞋的自由行当后，王会开始四处旅游。离开普洱市后，王会来到了大理一带。他更喜欢这里的秀丽风景，准备住上一段日子。那段时间，他常去下关一家小吃店吃饭，他说炒饭的大姐很像自己的亲姐，也可能是这个原因，不爱吃米饭的王会觉得大姐的炒饭格外香。

王会逃亡的日子越久，对家人的思念越重。到大理不久后，他认识了一个白族姑娘。对方的纯真打动了他，这一次他动了结婚的念头，这是对爱情最好的承诺。王会说："我这辈子就结过这一次婚，我们在当地民政局登记领证，这次结婚是真的。"

王会说他无数次想过办一场真正的婚礼，所有的亲朋好友都来道贺，自己可以在婚宴上尽情喝醉，那才是人生最幸福的事情。可是这次他不能，因为亲朋好友一来，这个假燕照金就穿帮了。

没有婚礼，新娘一直觉得很委屈，王会也深感对不住妻子。老婆一直当他是"燕照金"，不知道他真名叫王会，更不知道自己的枕边人是一个杀人逃犯。王会不敢要孩子，因为他知道，他们的婚姻随时都会完蛋。因为愧疚，王会更是没有睡过一个安稳觉，因为常常会梦到警察来抓自己。日子在惶恐中得过且过，妻子的娘家人对他越来越不满。大家的抱怨让王会的心里很不舒服，但他又无法将实情说出来。不到半年，王会主动提出了离婚。

王会很珍惜这段短暂的婚姻，他带走了离婚证，这个曾见证了他人生大事的本子，虽然写的不是他的名字……

离婚以后，王会便离开了云南，四处游历，擦鞋箱是他最好的伙伴。至于为什么最后又回到云南宣威。王会说实在跑不动了，年龄大了，就没有斗志了。他原以为能一直这样躲在宣威这个小城，苟且偷生到死，没想到一篇报道触动了他对母亲的思念，忍不住给我打了电话。

我好奇地问他，为什么认为可以在宣威过到老死，不怕被警察抓吗？

王会有些得意，说这些年能安然无恙，是因为他有智慧、善于观察和伪装。他平时最爱看新闻，尤其是时政新闻和社会新闻，比如哪里要搞严打了，他就会特别注意躲避风头。后来还专门到公安局定点洗车的地方去擦皮鞋，一来二去就和当地警察混熟了，大家更不会想到他是个逃犯。

王会说："最危险的地方也是最安全的地方。我约你见面，叫你不要报警，你是对的。如果你报警了，我保证你绝对找不到我，警察也绝对抓不到我。"

一旁的潘警官忍不住了，因为这话挑战了他的职业底线。他连珠炮般地说："真佩服你，居然敢把自己说得跟个英雄似的。我告诉你，法网恢恢，疏而不漏！只能说你是侥幸逃亡了 12 年，不是不报，只是时候不到。你们江湖上不是有句话叫：出来混总有一天要还的。你杀死了人家，不是死一个人这么简单，你是毁掉了人家一个家庭。你说你对得起人家吗？再说，你这些年过的是人的日子吗？现在你良心发现，自首了，我们欢迎你，恭喜你还记得自己叫王会。你知道吗，我自从接了你的案子，经常去你家，我是看着你妈一点点白满了头。说实话，每次去了解情况，我都无法直视她的眼睛。"

这番话，让口若悬河几个小时的王会忽然闭嘴了，他扭过头看着窗外。我们都没有说话，静静地看着王会，他一直看着窗外，被铐着的双手放在小餐桌上，紧紧握在一起。

显然，潘警官最后那句话戳中了王会心里最脆弱的地方。

十七

宣威没有直达兰州的火车，我们需要到成都转车。

按照规定，王会的手铐脚镣全程不允许打开，他只能戴着下车办理中转。只见王会低头弯腰，提着脚镣的铁链子，费力地穿过人流。人们虽刻意回避，却忍不住驻足围观。

乘扶梯上楼的时候，王会一抬头，刚好看见楼上有两个人正在探头看。他们目光相对，王会冲着他们大喊："有什么好看的，没见过杀人犯吗？"

那两个人吓得立刻把头缩了回去并匆匆离开。我突然联想到，当年在西固的王会应该就是这么嚣张，现在即便是戴着镣铐，他刚刚喊的那两句，也透着一股子狠劲儿。

为了避免王会再被围观，潘警官找了车站派出所，办理了走特别通道的手续。

一上开往兰州的列车，王会就激动起来。听旅客口音，这趟列车大部分都是兰州人。听到说家乡话的人多了，离王会家就越来越近了。

乘警看到戴手铐的王会，主动过来协助，帮我们补办了软卧包间。搭档老炳对王会开玩笑道："你可真牛，居然全程享受免费软卧。我们汤记者跟着你，坐软卧的差价还得自己掏腰包，单位可是报不了账的。"

我们一共 5 个人，一间软卧只有 4 个床位，两趟车老炳睡的都是普通卧铺。关于软卧，潘警官解释，原则上他们也不能报账，但是把犯罪嫌疑人安全带回去才最重要，押解的过程很复杂，须力争万无一失才行。

这天夜里，我们一直聊到很晚。王会睡不着，我们都陪着他。他一会儿要喝水，一会儿要上厕所，一会儿要抽烟……我知道，他这是近乡情怯，尤其是以这样的方式回家。

4 月 7 日早晨，天刚蒙蒙亮，王会就闹着起床。他说天亮了，想多看看家乡的风景。因为接下来的日子里，他没有自由了。

中午 12 点，列车广播响了起来，列车即将进站。别说王会，我都有点激动，如果不是送王会回来，我这辈子估计也不会来兰州。有些人、有些事、有些地方，冥冥之中就是有着千丝万缕的联系。

王会突然显得有些不安，低声对我说："我曾无数次幻想过回兰州的情形，从来没想过像这样回来。现在我这个样子，实在是太狼狈，太丢人了。"

"你欠下的这笔债迟早都要还，把心态摆正吧。"潘警官说。

"当然,当然。俗话说得好,杀……欠债还钱……"能说会道的王会忽然发觉说错了话,"杀人偿命"这句被他生生咽了回去。

下火车后,看到有旅客指指点点,他就把头低下,装作没有看见。王会一路上都耷拉个脑袋,一副沮丧的模样。从火车站到西固区,警车沿着黄河边的观景大道一路飞奔。坐在警车里的王会又活跃起来,沿途很多地方都有他曾经的回忆。12 年来,兰州的变化太大了。他开始滔滔不绝地介绍,说要不是戴着镣铐,他能给我当个好导游。

我问王会,见到父母第一时间会说什么,他沉默了一下,说:"我想好了,如果能见到我父母,我就对他们说'爸、妈,儿子错了,你们要原谅儿子。杀人偿命是天经地义的事,如果有机会,我一定会洗心革面,好好接受改造。汤记者,你说,我父母能原谅我吗?"

我没有回答他,也无法回答。

警车没有在西固区停留,而是直接把王会送到了看守所。下了警车,王会看着我,欲言又止,他的眼神里有种期待,我明白,他是想尽早见到亲人。潘警官告诉我,按规定,这个时候他是不能和家人见面的。不过鉴于他是投案自首,有较好的表现,潘警官已向上级部门提出申请。如果获准,就可以安排王会见家人。

王会进看守所后,我和老炳找了个宾馆住下,放下行李就前往商场去买礼品。我答应过王会,第一时间去探望他母亲，并把王会已经回兰州的消息告诉他的家人。

　　然而，当我按照王会说的住址一路打听过去，到了目的地，敲开门后发现这里并不是王会的家——他记忆中的一切早就变了，包括门牌号。我忽然想起我拍过通缉令的照片，赶紧翻出来看，果然通缉令有更新后的地址。我和老炳又大包小包提着赶去新地址，然而这个地址也不是王会的家。

　　天已经黑了，我们只能先回宾馆，等明天再说。这天晚上，我和老炳在宾馆楼下各吃了一碗兰州拉面，传说中的"一清二白三红四绿五黄"，一样不少，味道和我的心情一样五味杂陈。

　　晚饭后，我和老炳走在兰州的大街上，即便在4月西北的夜风依然寒凉，不一会儿就吹得耳朵疼。我聊到第一次和王会见面的紧张，老炳说我太鲁莽，领导让一个人去怎么真就一个人去了。他气鼓鼓地说："让你见势不对立即撤退，你也信？万一撤不了呢？你想过你儿子吗？你要是出点儿什么事，你儿子就成孤儿了。说实话，我就没见过你这么傻的人，你真是让我长见识了。不过呢，傻人有傻福，王会这哥们挺义气，没害你。不过，作为'革命战友'，我还是要劝你一句，以后别这么傻，凡事多想想后果，你不是一个人，你还有个儿子。"

　　"好吧，下次再有杀人犯约我，我叫上你一起去。"我知道老炳的这些话都是肺腑之言，就顺势开了个玩笑。

　　"下次？你还希望有下次？你劝上瘾了？老大，你脑子坏掉了吗？这是杀人犯，你遇到一个愿意老老实实跟你去公安局投案自首的王会，已经是走了大运、中了奖了。人的运气是有限的，你别再想入非非了哈。逮捕罪犯是警察的职责，不是记者。你就一写文章的，我就一照相的，咱还是安分点，做好分内事吧。"老炳一席良言，我又怎么能当耳旁风？

与王会见面是一个怎样的过程，只有我自己知道，至于事情之后的谈笑风生，那都是后话。如果事情没有这么顺利，那结局就该是另一个版本了。此刻我居然还说什么"下次"，其实，我也不想有下次了。

回想这一路，依然很不真实。先是为了劝说王会投案自首，话赶着话，脱口而出答应王会要到兰州看望他的母亲。王会把我的话当作承诺，还把为父母祈福得来的平安符郑重其事地交给了我。明天去找他父母，把承诺的事情做完，这事于公于私都结束了，我祈祷以后再也不要遇到这样的人和事了。

老炳说得对，逮捕罪犯是警察的职责，不是记者。

十八

第二天一早，我先给潘警官去了电话，一来是问王会家的住址，二来是想问问能否协调好王会和家人见面的事情。

电话接通后，潘警官先解释起来，说他昨天本是想着要告诉我们王会家住址变了，但一忙就给忘记了，害我们白跑一趟。一会儿他亲自带我们去，那地方有点复杂。至于王会见家人的事，他已经向市局报告，应该很快就能有回复了。

在潘警官的带领下，我们来到一条狭窄小巷子的拐角处，一个坐在门口晒太阳的老头看见潘警官，主动前来搭讪："你们是找'尕瞌睡'家吗？在633号。"

太神奇了，我终于在西固人的口中听到了"尕瞌睡"的名号。王会那双时常眯着的小眼睛，再次浮现在我的脑海里。

大爷得知"尕瞌睡"回来了，很是惊讶。问潘警官会不会判死刑。潘警官没有答话，径直朝前走了，我和老炳紧紧跟上去。在一片城中村的深处，终于找到了633号——这是一栋四层楼的私房。

房子的正大门是开着的，从正门进去后穿过中间的天井，正对着的那间屋就是王会父母居住的房间。房间大约有20平方米，沙发、桌子和床都在一间屋里，显得特别拥挤。屋里有三位老人正在唠家常，其中一位满头白发的老太太主动起身和潘警官打了招呼，我感觉他们很熟，潘警官应该经常来。

潘警官开门见山地说："你儿子回来了，他是自首的，表现不错。这两位是云南的记者，在中间帮了大忙，他们这次跟过来采访，你们好好配合他们。"

老太太恍惚了一下，愣了半天才反应过来："我儿子回来了？我没有听错吧？"

"你没听错，你儿子回来了。而且他活着回来了。"潘警官说。

"我的儿子还活着！活着就好。他早该想明白自首的，这样就好，这样就好。谢谢你们了！"老太太瞬间老泪纵横，她抬起布满老年斑的手，一把一把地抹着眼泪。

细看王会的母亲，我终于明白为什么刘贵彦烈士母亲的照片能触动王会了，两位老人长得的确有点像，都是满头白发，尤其是她们抬手抹泪的动作，看了真让人心痛。

老太太一边抹着眼泪，一边招呼我们坐下，她给我们每人泡了一杯茶。坐下想了想，又起身拿来一个小塑料袋，里面装着一些碎冰糖，她直接用手抓了些冰糖放进我的茶杯里，笑着对我说："我们这里的水涩，没你们南方的好喝，加点冰糖就甜了。"

老太太笑的时候，我见她嘴里没有牙。如此苍老的母亲，不知王会见到会不会心痛。

面对这个母亲，我感到心酸。

她（2009年时）75岁，老伴78岁。她说小六（王会）跑了以后，老两口就没有睡过一个安稳觉，每天牵肠挂肚。12年来不知儿子是死是活，老两口越来越绝望，想着这辈子怕是再也见不着儿子的面了。

老人说着说着又哭了一阵，之后才停下看着我感激地说："没想到你们打那么远送他过来，还给我买这么多东西，我做妈的羞愧呀，这怎么好意思呢。"

我突然想起第一次见王会时，他说烈士妈妈为儿子伤心，她会受到众人的尊敬。他的妈妈就不同了，妈妈伤心的时候还得受众人的谴责，因为做儿子的不争气。

王会父亲的听力很差，我们说话要很大声他才能听到。他听了半会儿，才弄明白儿子是主动投案自首，这才开心地笑了。说儿子回来就好，还问主动自首，应该会得到宽大处理吧。屋里另外一位老人是王会的姑姑，她也跟着说王会做得对，不然要是被抓到那可就惨了，这回一定争取个宽大处理。

三位老人你一言我一语，一边说一边抹着眼泪，我看得出他们一半高兴一半担心。王会的母亲拉着我的手，告诉我说，她一共生了 6 个孩子，她最疼小儿子王会。王会小时候，家里孩子多，父母为了生计没有时间照顾他，基本是哥哥姐姐在照顾着。王会从小调皮，三年级没有念完就坚决不去学校了，那时候大环境不好，周围像王会这样的孩子很多，管不住就放任不管了。

在父母的记忆中，王会长得不怎么样，但人聪明，从小就是个孩子王，巷子里小孩不仅都听他的，而且还很怕他。不仅如此，王会还是个热心男孩，对老人很有礼貌，街坊邻居都喜欢他。

这位可怜的母亲继续为儿子抱不平，说杀人的事不能全怪儿子，是对方先动手的。而且如果王会不用刀，死的人可能是王会。她接着说："那人死了以后，他家的人从来没有找过我们，我们也不知道他是什么地方的人。都是因为这个人，'害得'我儿子有家不敢回。"

潘警官一听，忍不住说："看看，这就是慈母多败儿！老人家啊，人都被你儿子杀死了，你还抱怨是别人的错。"

王会的大姐和二哥也很快赶了过来，两个人一来就问潘警官见弟弟的时间，他们都太想弟弟了。

王大姐是个急性子，问潘警官王会自首后警察有没有打他，王会在看守所能不能吃饱。她一连串地说："我弟弟那么聪明的一个人，都怪这里的大环境害了他。你们可以去采访一下，西固巷有80%的家庭都有孩子坐牢，打个架、砍个人什么的在这里根本就不算新鲜事。你们想想看，在这样的环境里，就是你想学好也是件费劲的事。"

在火车上，王会就和我们说过他的二哥，说二哥当过兵，是个走正道的人。他很后悔自己以前没有听二哥的话，不然人生不会像今天这样，今天也算是见到了真人。看得出，二哥是个老实人，对这个最小的弟弟，他已经尽了全力。

二哥无奈地告诉我："我当兵回来后，根本就管不了他。他在外面惹事了，家里的人就赶紧去找人托关系。为了他，全家人省吃俭用走关系，经常是送了礼没什么效果，吃了哑巴亏，有苦还没处说。"

通过短暂的交流不难发现，在王会家人眼里，无论王会做了什么，过错都在别人，或者是在大环境。他们或许从来没有反省过，这种溺爱也许会害了王会。不过，凡事都有两面性，正是亲人们的这种爱，留住了王会人性中的善，最终给了他投案自首的勇气。

十九

从王会家出来，王会一家人热情地送我们到街边。没想到这短短的时间里，王会回来的事已不胫而走。街坊们都围过来，好奇地打听。

有个老太太直接走过来拉着我说，王会是她看着长大的，小时候虽然调皮点儿，但人不坏，对老人特别尊敬，而且王会嘴也甜，见了人老远就招呼，比其他混混好多了。另外一位老大爷也说，王会能回来自首，还算明白人，人命关天的事躲不掉。那些年，他看着孩子们一个个不务正业，打架、吸毒……什么坏事都做，见了他们都得躲远点。老大爷说他心里早就认定这些孩子得毁，只是早晚的事。

我想起王会说他出事那天晚上，曾给一个开小卖部的大爷打电话问现场的情况，大爷在电话里让他赶紧走，走得越远越好，永远不要回来。我未能找到那位大爷，无从了解王会在那位大爷心目中是个什么样的人。现在听大家这么一说，我在想，那位大爷为什么要让王会"走得越远越好"，是想让这个大家眼中的"好孩子"远离"是非之地"，有个不一样的人生吗？

潘警官告诉我，西固巷的案发率很高，犯了命案之后外逃的人也很多，逃亡的时间有长有短。警方的追捕任务太重了，有时候甚至常年都在外地抓捕逃犯。原来曾有一个人打电话说想投案自首，等潘警官根据提供的信息到了该地，人又跑了，到现在也没有抓到。

我终于明白了潘警官为何在押解王会回来的路上一直那么谨慎。因为要等王会与家人见面，我们在兰州住了下来才算完成任务。

在和当地警方的交流中，我才得知，在很长一段时间里，西固都是兰州治安最混乱的地方。

据警方提供的资料看，西固有 60% 的家庭中至少有一个孩子进过少管所或监狱。而王会所在的西固巷比例更高，就在我们去的前几天，还有一个洗头的小姐被杀了。

办案民警很快就抓捕了犯罪嫌疑人，他对自己的犯罪事实供认不讳。他对警方说："盗亦有道，谈好的事，居然设陷阱骗我，我就让她去死。"当得知他有可能因此被判处死刑时，凶手才害怕得哭了。

"我觉得，想有一个良好的治安环境，单靠公安部门是不行的。如果不对城中村进行彻底的治理，治安案件根本无法杜绝。"一位西固民警和我说。

我每天和刑警打交道，听说的也都是刑事案件。我从潘警官处还了解到另一起他刚刚办完的案子，更令人唏嘘。犯罪嫌疑人是个未成年人，我看了照片，是一个长得很帅的男生，只是那双漂亮的丹凤眼眼神犀利，带着杀气。15 岁的少年，不该有这样的眼神。

这个男孩还是个高中生，是老师眼中的坏孩子。他常常不做作业，逃课去打游戏。老师常常请家长，家长也常常揍他，周而复始。

有一天，他因为没做作业，一想到去教室又要被老师批评，就不想去学校了。他从家里出来往学校的方向走了一段，就转身返回了家里。进家之后，见父母都还在床上熟睡。他想到父母醒来又得被老师叫去学校，回来肯定又得揍他，越想越气，干脆放下书包，到厨房拿了菜刀，冲进卧室，狠狠砍向父亲和母亲……

两天后的下午，潘警官就在网吧抓获了男孩。男孩被抓时，仍然在打游戏。见到潘警官，他只是说："你们怎么才来？"

对杀害父母一事，男孩供认不讳，称对父母的怨恨由来已久，实在忍无可忍了。与其在学校被老师羞辱，在家里被父母责骂殴打，不如做个痛快的了结。男孩说人活着没有意思，一起死了算了。他以为被抓到以后，大不了就被枪毙。没想到因为自己是未成年人，不会被判死刑。

潘警官感叹说："可惜了，好好的一个家，就这么完了。记得我送他去看守所的时候，他一脸无所谓的样子。我问他怕吗，他说死都不怕还怕进看守所吗。我问他后悔吗，他说不后悔。我说你杀死的可是给了你生命并养你长大的父母，男孩说那又怎样，这样的父母就是该死。说实话，我很后悔和他有这段对话，他的眼神以及他说的那些话，纠缠了我很久。我甚至还为此做过噩梦。唉……如果有一天他懂事了，他该如何面对往后余生？男孩的哥哥又怎么面对这个杀了自己父母的亲弟弟？作为警察，我们只能做好警察该做的事，后面的事，我们也无能为力。社会的安全不能光靠警察维护，教育也很重要。"

自辩杀人潜逃12
年的王某，经过与本报
女记者4小时沟通护，
走进了宣威市公安局自
首，图为王某在用香烟
缓解着讲述自己12年逃
亡生涯的感觉。

本报女记者
带杀人嫌犯
自首

重点·A04-05 版

《云南信息报》2009 年 3 月 26 日报纸头条

潘警官说的这番话，对我的触动很大。我在想，如果王会不出事，如果他不逃亡，在这混乱的西固巷，是不是会有其他的故事？

然而，人生没有如果。

二十

王会的家人迫不及待地想见到他，这些天不断打电话向潘警官询问情况。一会儿说给王会买了衣服和裤子，不知道能不能送去；一会儿又说买了王会喜欢吃的东西，能不能带进去。

潘警官很无奈，但还是很耐心地解释，衣服和伙食看守所里都有，不会亏待王会。家属现在要做的事情是等见面以后多鼓励他，让他有足够的信心面对法律的制裁，洗心革面，重新做人。自首在法律上是有相关标准的，不是说王会现在的表现就算自首，关键还得看他有没有认罪伏法的态度和决心。

王会的二哥也和我说，自从王会回来，父母老在算他会被判多少年。他们一边算一边落泪，担心活不到王会重获自由的那一天。如果王会早些年想明白，去自首就好了。他的事把一大家子人都弄得很煎熬，很痛苦。他们也很感谢我帮了他们家大忙。

4月15日下午2点30分，潘警官去看守所把王会带了出来。这一天，王会有两件事情要做：首先是指认现场，然后是与家人见面。

警车刚停在西固巷口，人群就很快围了上来。这原本应该是个安静的午后，但随着王会的到来，小巷一下子变得热闹起来。从巷口走到案发地，大约有 100 多米的距离，被围观者挤得水泄不通，很多年龄大的人能直接喊出王会的小名。这一段路，可能是王会这辈子走得最艰难、最尴尬的一程。

来到案发现场，王会记得很清楚，那天是 1997 年 10 月 23 日下午 1 点多，杀人后的他就一个念头：不能被警察抓到，因为被抓到肯定会被判死刑。

指认现场很快结束了，王会和家属见面的地点就在潘警官的办公室。

我原以为只有王会的父母会来，没想到他的哥哥姐姐们全都来了，他们把潘警官的办公室挤满了。看着这一大家子人，潘警官赶紧交代大家不要乱走动，不要影响其他民警的工作，就在办公室等着，他去带人。

办公室在二楼走廊的尽头，我则一直提着摄像机站在办公室门口等待。不一会儿，我听到了金属拖在地上发出的声响，应该是王会上楼来了。果然，他上完楼梯一拐出来，我就看见他了，他的脚镣拖在地上，每走一步都会发出哗啦哗啦的声响。

他看见我站在走廊的尽头，知道他的父母可能就在办公室里。我能看得出，他想快步走过来，无奈脚上沉重的镣铐让他感觉力不从心。也许是他嫌自己走得太慢，也许是想着就要见到母亲了，过于激动，他上楼后没走几步就"扑通"一声跪倒在地，又用双手撑地在地上奋力爬了过来。

等王会快要爬到办公室门口的时候，他忽然喊："妈，儿子回来了！"

我见状赶紧站到一旁，把门口让出来。可能是潘警官叮嘱过大家别乱走动，听到王会的声音，王会的母亲和家人没敢走出办公室。大姐则看着站在办公室门口的我，焦急地问："是我弟弟吗？"

我点点头。其他人不知道是紧张还是无措，反正没人敢动，就这样看着王会爬进了办公室。王会加快速度爬到父母跟前，就势把头一次次重重地磕到地上。王会哭得满脸都是鼻涕眼泪，满头白发的老母亲反应有些滞后，见王会的脑袋"咚咚"地磕在地上，这才从椅子上滑坐到地上，她一把抱住王会，号啕大哭："我的小六，你怎么头发也白了哇？"

随着老母亲的情绪崩溃，其他家人也控制不住，个个都痛哭了起来。但是，见面的时间只有20分钟。时间紧迫，来不及等大家彻底平静下来，我赶紧拿出那张平安符，递给王会的母亲。王会见状，也赶紧擦了眼泪，说："爸，妈，这是我想你们的时候到寺庙求的符。庙里的大师说这符能祛灾辟邪，能保佑你们健康长寿。"

王会的母亲哭得更加伤心了，拿平安符的双手颤抖得厉害，泪水一颗颗滴落在平安符上。

见此情景，我想起了在烈士陵园时，痛哭后的刘妈妈也是双手颤抖，从衣袋里拿出一个小塑料袋，到儿子的墓上取土。刘妈妈抓一把土，念一句儿子的好；而王妈妈的眼泪，则让人那么无奈和心碎。

想来，眼前的这个母亲等到了浪子回头，等到了阖家团聚，她算是幸运的。

送王会回家的追踪报道

第二章

他，选错了路

一

在我见过的逃犯里，李鸿（化名）最不一样的地方并不是他杀了人，而是他有一个无法"逾越"的情敌。

自从得知初恋女友变心后，李鸿心里就窝着一股怒火，他发誓一定要讨个说法。但由于对方是个有头有脸的人，李鸿也不敢贸然行事。

直到那一天酒后，李鸿终于爆发了。他堵在情敌回家路上，想将对方狠狠揍一顿，以挽回男人的尊严。可惜，情敌很专业，身形瘦小的李鸿根本不是对手。他不仅没揍到对方，还被情敌报案，并被关进了看守所。

具体细节李鸿从没对外说过，但那次之后，他整个人就变了。

李鸿曾经以为喝酒是为怡情，是为写诗助兴，要知道李白就是"酒仙"成就了"诗仙"，如今他则每次都喝到烂醉，回到家便耍酒疯。没错，人家是"酒仙"，他是"酒疯子"。

　　一次喝到半夜回家，李鸿竟然抓住母亲不放，向母亲要钱出去继续喝，母亲不给，并好言劝他好好休息。但他连母亲都打，母亲的胳膊还为此落下了终身病根。厂里的长辈看不过去，就劝他说，李鸿，你这样要不得的，她可是你的妈呀！可李鸿当时哪听得进去。

　　直到第二天酒醒了，李鸿才知道自己做了蠢事，便跪着对母亲认错："妈，对不起，我错了，你原谅我嘛。"

　　这样反反复复，家里被李鸿闹得不得安宁，父母没睡过一晚踏实觉，每天提心吊胆，就怕他回家发酒疯。果然有一天，李鸿酒后回家没有带钥匙，家里又正好没人，李鸿踹不开门，居然找了把斧头对着门就劈。那狠劲儿吓坏了整栋楼的人，此后没人再敢劝他。

　　看着儿子变成这样，父母当然很心痛，也想了很多办法，但都没有用。他们也知道儿子失恋心里痛苦，家人的关怀都是治标不治本，李鸿和情敌之间的心结无人能解。他心里的怨恨越积越深，打不过，就日日借酒浇愁。

　　我后来才知道，李鸿也曾是父母的骄傲，别人羡慕的对象。

　　李鸿的父亲在重庆某军工单位工作，工作稳定有地位，只是平时很少能回来。李鸿从小由母亲带大，又机灵又有主意。李鸿童年就胆识过人，有一次父亲脚受伤做了手术在家休养，正值单位放电影，是一部美国总统访华的纪录片。李鸿很想去看，可看着行动不便的父亲，他歪着小脑袋想了想说："爸爸，你放心，我一个人去，看完了我就回来。"

得到父亲的同意后，李鸿真的一个人跑去了，而且看完了整个纪录片，然后又一个人乖乖回来。当时李鸿才 4 岁，父亲为此好生欣慰，记了一辈子。

父亲不在家时，李鸿作为家里的老大，小小年纪就帮助妈妈照顾弟弟。有一次，李鸿妈妈去上班，只剩李鸿和弟弟在家，他们不小心把钥匙锁在屋里。李鸿见大窗子上面的小窗子开着，就拿根绳子绑住他弟弟，把弟弟从楼上放下来，让弟弟从小窗子爬进去把钥匙拿出来。

上初中后，李鸿进入了青春叛逆期，成绩一落千丈。他整天和厂区贪玩的小伙伴在一起。不过当时厂里大多的孩子都如此，父母太忙也没有过多干预，想着反正将来工厂可以内招，也不愁没工作。

到了工作的年龄，李鸿通过内招进入母亲所在的化肥厂，当了一名车间工人。20 世纪 80 年代中期，化肥紧俏，能在化肥厂当工人就是"金饭碗"了。

李鸿虽然个子不高，但人聪明，还喜欢文学，有空爱读读古诗，因此也得到不少厂区女孩的青睐。那时他是父母的骄傲，也是厂区子弟羡慕的对象。但李鸿早已有心仪的对象，他和初恋算起来是青梅竹马，双方父亲是战友，两家关系一直很好。

但不知道何时，李鸿的女友与辖区的一位派出所民警好上了。

"好事不出门，坏事传千里。"厂区是个既独立又封闭的熟人圈子，女朋友被抢一事很快传播开来。李鸿自觉太没面子了，他怎么能咽得下这口气，发誓一定要讨个说法。

找情敌讨说法失败后，李鸿知道自己不是人家对手，除了借酒浇愁，他还暗暗发誓，和情敌此生永不相见，如若再见，定是你死我活。

但万万没想到，不久之后李鸿就成了杀人犯。

二

因为劝说逃亡了 12 年的杀人犯王会自首，我竟然由一个普通记者成了"名人"。

我从王会老家兰州回到昆明后，原以为一切都已尘埃落定，没想到本地电视台对我的经历很感兴趣，一定要来采访我。面对镜头，我还真不知道从何说起。这样的事，任何一个记者遇到都会去做。至于最后的结果，采访本身就有很多的不确定性，很难作为样本去分享。

节目播出后，我连进出小区，都会被邻居围住问长问短。他们好奇地问我哪里来的胆子，怎么敢一个人去见杀人犯。

"还以为你们女记者就是整天打扮得漂漂亮亮，哪里邀请就去哪里做做宣传，没想到这么危险的事情也要去。我们有你这个英雄邻居很光荣。但以后采访这种事，千万别自己一个人去，太危险了。"大叔大妈的关心还真令我感动。

　　中国式的邻里关系就是这样，平日里也许没什么来往，可谁有了什么事马上就会被大家记挂着。但我怎么也没想到，同时记挂我的，还有一位尚未归案的杀人逃犯。

　　正当我在街头巷尾被热议时，李鸿深夜给我打来了电话。他蹩脚的普通话一开口又把我吓着了："汤记者，我也杀了一个人，请你帮帮我……"

　　他的做法像极了王会。不断地换地方、换公用电话打给我，每次只讲几句话就挂断，生怕我报警。

　　经多次通话后，我基本了解了他的情况。他杀人后已经潜逃 19 年之久，其间从未与家人联系过。李鸿没有勇气投案自首，担心被判死刑。看了王会的报道，确定我"比较可靠"后，他才给我打电话：

　　"我听说案子过了 20 年，就过了追诉期，这种说法可不可靠？"他问。

　　"有没有这种说法我不确定。等我问问法官，我觉得法官的说法才是权威的。"我只能这样回答他。

　　"我是这样想的，如果 20 年就过了追诉期这个说法成立，那么我再过一年就可以大胆地回家了。但是万一不行，我希望你能像陪王会一样陪我去投案自首。通过王会的事情，我相信你才给你打这个电话。如果你能送我回家，我下辈子当牛做马也要感谢你！"他鼓起勇气，一口气说完了他的诉求。

　　"好！我一会儿就帮你问，可我怎么联系你呢？"我问他。

"记者，你可不可以现在就帮我问，别骗我，"李鸿迫不及待地说，"我晚一点再给你电话。我现在在红河州，等一下你看到是红河州打来的电话不要接，回拨过来好吗？我现在身上只剩 9 块钱了。"

我猜这个男人肯定混得不如王会。他连打电话的钱都没有，这样窘迫的情况下，不想家才怪。

挂断电话后，我打电话咨询了云南省高级人民法院的法官朋友。朋友明确告诉我，凡是涉及命案的，都将终身追诉，不存在 20 年后过追诉期一说。

新的电话很快又拨过来了，按照先前的约定，我挂断电话回拨过去。他明显比王会紧张，一直在核实我有没有报警。他明白被抓和主动投案是两个概念，因而给我打电话确实冒了很大的风险。

为了稳住他，我需要再次给他吃颗"定心丸"，我答应他说不报警就一定不会报警。因为有过对王会的承诺，所以请他也相信我。同时告诉他法官朋友的回复。可能是希望破灭了，他忽然间乱了方寸，无比慌乱地说："看来我只有自首了，一辈子逃下去太辛苦了。我想回家，你送我回家好吗？我先回家，然后再去自首。你千万不要报警……不过，我用的是公共电话，即便你报警，警察也抓不到我。"

我再次告诉他我不会报警，从王会的案件开始，我逐渐能理解他们的心情。但是，就像王会一样，李鸿也是有命案在身的人，我怎么送他回去呢？请他也站在我的角度想一想，如果我知情却不报警，还私下送他回家，我也得负法律责任。

"退一万步想，即便你悄悄地回家，你父母不举报的话，他们也难逃追责。我觉得你回家的唯一途径就是就地投案自首，像王会一样，光明正大地回去。这样，也不会连累你的家人，走得也坦然些。"现在，我只能劝说他投案自首。

"我不是不想自首，我是不想死！你说，如果我自首的话，会判我死刑吗？王会是怎么判的？现在有结果了吗？"原来他担心的是这个。

"会不会判死刑我不知道，但主动投案自首的话，法官肯定会根据表现从轻量刑的。王会的判决还没下来，但因为他的表现很好，他的律师前几天还给我打电话，说法官已经对王会投案自首的性质予以肯定，表示会考虑从轻量刑。"

我把王会的最新情况告诉他，希望他能得到鼓励。没想到他听后却恼怒起来，很不耐烦地说："你只是说说，当然轻松了。这个问题我得认真对待，如果进了公安局，那就不是我说了算了，我就会变成一只'待宰的羔羊'，看他们的心情，想怎么判就怎么判。万一判我个死刑，那我不是亏大了？"他说完就快速挂断了电话。

我事后猜测，李鸿一定是想起了 19 年前派出所发生的那一幕。

三

　　我仔细琢磨了我们的通话内容，我觉得提供给他的信息还是积极的，但他的反复无常让我很担心，他和王会明显不是一类人。

　　我翻看手机的来电显示，从晚上的 7 点 12 分到 10 点 5 分，他一共换了 5 个公用电话。他就如同惊弓之鸟一般，既想从我这里获得有价值的信息，又怕暴露行踪。目前看来，回家是他最大的愿望。为了回家，他愿意投案自首，而担心被判死刑又是最大障碍。我估计他还会给我打电话，因为这个时候，他无法独自寻求答案，他非常需要一个能够开导他的朋友，这样他才能拥有足够的勇气去跨越心里最恐怖的那道障碍。

　　果然，在夜里 11 点多，他又给我打来电话。照旧，我挂断之后回拨过去。这一次，他终于说出了他的真实姓名、住址以及案发的经过。

　　回忆起当年出逃的时候，他在电话另一端失声痛哭。他说自己杀人后，不敢回家和父母告别，只能去县城的大桥下，跪在地上，对着家的方向磕头，并哭着说："妈，儿子对不起你，儿子走了。"

　　我给他分析现在舆论环境对死刑的影响，让他不要陷入回去就没命的恐惧之中。求生是人的本能，李鸿听进去了，他说只要不死，他愿意自首，条件是我得亲自陪他去。他声音颤抖着说："我一个人不敢去。"后来我才知道，他恐惧的并非是失去自由，而是单纯害怕遇见那个情敌。

李鸿在电话里又给我提了个要求："汤记者，你能到蒙自来吗？自首之前，我希望能先见到你。我没钱了，你能帮我买套像样的衣服吗？我不想回去的时候让我妈妈看到我狼狈的样子。"

听到他下了投案自首的决心，我终于舒了一口气，和他约好第二天在蒙自见。

挂断电话后，我立即通过警方查询了李鸿的通缉令，核实了他确实在 1990 年 9 月 24 日犯下一桩命案，系重庆市合川区的在逃嫌疑人。

我想起在兰州时，同事老炳和我说的那一席话。当时我们都希望王会是最后一个，没想到这么快，就又有杀人犯找来了。我连夜打电话向报社领导请示前往蒙自采访的事，同时请求派一个摄影记者和我同去。

很快，李鸿就打来电话："汤记者，你一个人来吗？你怎么来？坐班车还是开车？你几点钟出发？"

我告诉他这次我开车去。同行的还有一个人，是一个摄影记者。他一听，很紧张地说："你不要带人来好吗？我怕知道的人多了，偷偷报警……"

我发现李鸿对警察的恐惧，已经让他有些神经质了。我一再表示请他信任我，让他放心，他既然已经决定投案自首，我们一定会尊重他的决定，我也希望他不要食言。我问他，到蒙自以后，怎么联系呢？

李鸿说，到时候会给我电话的，说完就挂断了电话。这

时，正好是 5 月 1 日，零点已过，一个上班族都期待的法定
假日来了。

和王会不一样，很多未知的因素让我感受到了另外一种
压力。李鸿对我的信任到底有多少？他是否真的决定投案自
首？而且他没有固定联系方式，万一他改变主意怎么办？

我彻夜难眠，有过成功的经历后，我不想失败。我认真
总结之前劝说王会投案自首的经验。此行只有一个目的，就
是让李鸿顺利地投案自首。但是，我真的能成功吗？我也不
确定。

四

第二天一早，我准备出发的时候忽然想起，央视的何老
师说要采访我，如果他能一起去，不就有现场镜头了吗？

我赶紧给何老师打电话，他一听，也非常兴奋："太好
了，我跟你们去。我们在哪里集合？我所有装备都是现成
的，随时可以走。"

我们一刻也没有耽误，接上何老师立即出发了。这一
次，我不像第一次去见王会那样紧张，因为我不是一个人，
除了央视的何老师，报社还派了摄影、编辑同事一同前往。

我们从昆明出发，一路上谈笑风生。同事说起我之前独
自去赴王会之约的事，大家都替我捏着一把汗，感觉很危
险。这一次他们也想亲自体验一下，希望能一切顺利。

9 点 07 分，我接到李鸿的电话，挂断后回拨过去。他在电话那头的语气很着急，问我出发了吗，他在蒙自等着我。我告诉他，我们已经上了昆玉高速公路。他算了一下时间，说我们大约 1 点半就能到，到时候他会跟我再联系。

虽然他口口声声说相信我，但仍然保持着警惕。直到这个时候，他都没告诉我他的手机号码，意思是要将主动权牢牢抓在自己手里，一旦感觉情况不对，他就会立即消失。

我一边开车，一边和大家说了昨天晚上通话的整个过程，大家一起分析李鸿的心理状况，研究如何应对即将遇到的各种情况。人多就是好，最主要是我没那么害怕了。

"他的心理很脆弱，最怕就是有人报警，我们见到他时，最好不要接电话，不要中途有人离开。哪怕是上厕所，都可能引起他的怀疑，以为有人去报警。"

"我们见面后先吃饭吧，如果他说想喝酒，就陪他喝点，但是不能让他多喝。当心喝多了会失控……"

"他最担心有人报警，说明他在乎的是要争取主动投案自首。从这一点看，他自首的信心还是坚定的，我们要鼓励他。"

就在我们七嘴八舌商量对策时，李鸿的电话再次打来。他又问我到哪里了。不巧的是，前方发生车祸，高速公路被封，只能走老路。李鸿得知时间有变，先是诧异，之后想了一下说，还是等着我们吃午饭。

由于是节假日，出行车辆比平日多，老路显得非常拥堵。我也开始着急了，主要担心李鸿在不安的等待状态中思想有变化。我得让他放松紧张的心情，我对李鸿说："我们都饿了，你先想一下我们到了之后去哪里吃饭，找个好吃的地方，我们好好吃一顿。"

直到下午 1 点多，我们才到蒙自收费站。刚过收费站，电话就打了过来。我回拨过去，只听见李鸿紧张地说："汤记者，你们应该到了吧？我现在的心情好复杂啊……我在新客运站等你们。你的车牌号是多少？"

我报了车牌号、车型以及车的颜色，让他留意。

在进城前的最后一个加油站，我们 4 个人都上了一次厕所。按照之前商量的，大家等下见了面，尽量避免上厕所，不要引起李鸿的猜疑。

我开着车，慢慢接近新客运站，在等红绿灯时，发现这里人多，车多，且环境复杂。李鸿之所以选择在这样的地方见面，一定是为了便于藏匿和逃跑。看来他也是一个有心计的人，不然也不可能逃亡那么久还没被抓。

绿灯亮起的时候，我把车速放得很慢，过了红绿灯右转，就进入新客运站了。我一边开车，一边四处观察：

"你们有没有发现谁最可疑？"

"我看谁都像，但谁又都不像……"

"他没那么快出现，他一定已经看见我们的车了，他在观察是否安全。"

"我好紧张呀，这种无法预判下一秒情况的压力好大！

你之前一个人是怎么做到的？"

"不怕，不怕，这次我们人多……"

正在大家左顾右盼时，忽然，一男子出现在了我的左侧。他一边敲打着车窗，一边拉开后排车门，我都还没反应过来时，他已经挤上车来，车里随即弥漫起一股刺鼻的酒气。他屁股都没坐稳，就大声催促："快走！快走！"

"只要你们没带警察来，我就还是安全的。"男子说。他一定就是李鸿了。

"那你这么慌张干吗？"坐在副驾位的何老师突然开口。

李鸿一愣，可能被何老师肩上的大摄像机吓住了，结结巴巴地问："汤记者，他是谁？你只说你和摄影记者来的。"

我赶紧解释，何老师是央视的记者，听说他投案自首，想亲自来采访。"你放心，我们都是你投案自首的见证人，量刑的时候，这就是证据。"

"我是个杀人犯，你们搞得这么兴师动众，我怪不好意思的……感谢你，汤记者，你为我的事费心了。我说话算数的，我会跟你们去自首的，放心吧。"李鸿终于平静下来。

看他平静下来，我也故作轻松地问他午饭想吃什么。李鸿说他想吃重庆火锅。我觉得挺好，火锅是李鸿家乡的美食，能解他的思乡之情，也方便和他沟通交流。

在李鸿的指引下，我们来到他提前选好的火锅店，也是这个城市最好的火锅店。

落座之后，李鸿连菜单都没有看，就说要点一道"合川

肉片"，还主动要了一瓶"小糊涂仙"酒，并让服务员先
上酒。

还没来得及和他说上两句话，服务员便把酒拿来了。李
鸿迫不及待地打开，给自己倒了满满一杯，然后端起酒杯对
我说："我喜欢喝酒！但估计这是最后一次喝了，进去以后
就必须戒酒啦。汤记者，你知道我为什么要投案自首吗？是
你送王会回去后，他给他妈妈磕头的那张照片……"话没说
完，李鸿一口酒灌了进去。酒下喉咙的瞬间，他先是咂了
一下嘴，随后忽然哭了起来："都说'男儿有泪不轻弹'，
我看了那张照片就忍不住想哭，我也想我妈。我离开的时
候，都没有和我妈告个别。只能跪在大桥下，对着家的方向
磕头。"

王会自首，是因为烈士妈妈的照片；李鸿现在想自首，
是因为王会妈妈的照片。我见到王会的母亲，知道母亲是真
的疼爱这个小儿子，我当时以为李鸿也和王会一样，是妈妈
最宠爱的孩子。后来才知道，他的母亲反而是被李鸿伤得最
深的人。

李鸿自顾自地一边喝酒，一边哭诉，我劝他吃菜，他什
么都不吃。为了让他释放压抑多年的心情，我们四个人静静
听着，都没有说话。何老师摄像机的指示灯一直亮着，记录
下了这一切。

酒精很快让他思路混乱，他想到哪里就说到哪里。即便
如此，他还是说了一个让我无比意外的事。

五

李鸿一会儿笑、一会儿哭、一会儿唱、一会儿还背诗词。他说李白喝了酒可以写诗，他喝了酒可以背诗。"我读书时候贪玩，没好好读，像人家李白，喝了酒还可以写诗。不过，我喝了酒可以背诗。床前明月光，疑是地上霜。举头望明月，低头思故乡。看，我背得好吧？你们不懂什么叫作'思故乡'，你们不懂一个有家不能回、不敢回的人思念故乡的痛苦和可怜……"

我们没有打断他，让他尽情发泄。

"告诉你们，我有个女儿，1995 年 12 月 1 日早上 5 点，我的女儿来到了这个世界上。我亲眼看着我的女儿出生的，那是我这辈子感觉最幸福的时候……"听李鸿这一说，我惊呆了。

王会有很深的血缘观念，他谈过几次刻骨铭心的恋爱，也结过一次婚，但一直不敢要孩子。而李鸿家庭观念淡薄，虽没有结婚，却生了个深爱的女儿。还真说不清他们的选择究竟谁对谁错。

李鸿说他杀人后，没有像王会一样在全国到处逃窜。他觉得云南是个安全的地方，就直奔云南来了。

李鸿逃到云南后，藏在一个正在修建的电站工地做小工。在这里，他认识了工地上一个煮饭的姑娘，对方大眼睛、漂亮、乖巧，李鸿有点孤僻忧郁的气质吸引了这个单纯的女孩。

记者请李鸿吃火锅

说到伤心处李鸿失控痛哭

　　两人很快同居了。对方怀孕后，不能再继续打工。李鸿不敢带她回家，女孩也没计较，反而带着李鸿回了自己的老家。

　　李鸿用一张巧嘴哄着女孩的父母，任劳任怨什么活都抢着干，因此赢得了女友家人的喜欢。他也渐渐忘记失恋及逃亡的痛苦，把这里当成了自己的家。比起在外面提心吊胆的日子，这个小山村已经是天堂了。

　　女儿出生后，初为人父的李鸿感动得泪流满面。打情敌时他没有后悔，酒后杀人时他甚至也没有后悔，觉得错不在自己，但现在他后悔了。见到女儿第一眼，李鸿就想如果不是杀了人，自己一定会是个好父亲、好丈夫。

　　女儿两岁多时候，有一天妻子突然做了一桌子好菜，还买了他爱喝的酒，将他请上了座。

　　李鸿还以为家里遇到了什么喜事，不料酒足饭饱之后，大舅哥开始质问他哪天去领结婚证，李鸿本想以没有身份证为借口敷衍过去。

　　没想到大舅哥突然暴怒，借着酒劲开始狠揍李鸿，警告说如果不领证就让他滚。李鸿有苦难言，不敢还手，默默擦掉嘴角的鲜血，回到屋里后，却抑制不住地大哭起来。

　　妻子很心疼他，但也很困惑，问李鸿是不是在老家结过婚。她说如果是真的，只要李鸿去跟哥哥讲清楚，处理好跟老家女人的事，两个人就能好好在一起过日子。

　　李鸿听后，无奈地说："傻瓜，我这辈子只有你一个老婆，我从来就没有结过婚。"

妻子就更不解了，继续追问。

"憨婆娘，你为什么就是要刨根问底？好嘛，我现在就告诉你，我杀过人，杀过人！"李鸿借着酒劲，终于对老婆说出了藏在他心中多年的秘密。

"我只要一暴露就会被抓，被抓了就会被枪毙！我死了，你就没有男人了，我们的女儿就没有爸爸了！"

妻子惊呆了，李鸿也被吓醒了。他猛地扇了自己几个耳光，抓着妻子的双肩，警告她别冲动，别去报警。

这一晚，两人都无法入睡。李鸿想尽一切办法讨好妻子，好不容易才把她哄睡。等妻子睡着，他留下一张纸条，趁着天还没亮，就离开了家。李鸿说，最遗憾的就是从没有和她娘儿俩一起照个相。

李鸿这一走，就再也没有回去过。

六

"我12年没有见过她娘儿俩，见不着不等于不会想念，看着人家同龄的娃娃，我的心就痛得不得了。现在我自首了，哪怕等到我60岁出来，我都要去找我的女儿。恐怕那时候我已经当外公了……"

说到以后会"当外公"，李鸿竟然忍不住笑了起来。他说："这点我比王会强，第一，我有技术，不用去擦皮鞋。在蒙自，大到州政府的建筑，小到卷帘门，我都做过。第二，他虽然结了婚，领了结婚证，但是他没有娃娃，我有。"

李鸿的自我感觉非常好，他处处拿自己和王会比，总是说他要比王会强。他说自己才不会像王会那样，四处乱窜、居无定所。李鸿自信满满地说自己眼睛很大，长得相貌堂堂，不像王会那样贼眉鼠眼，一看就像个坏人。像他这样长得好看的人，只要听话一点，手脚勤快一点，根本没人会怀疑他是逃犯。

我发现李鸿除了奚落王会，最开心的事莫过于说起女儿。从他略显浮夸的话语中，看得出他真的爱这个女儿，尽管这个父亲做得一点也不称职。

"不瞒你们说，我是为了能够见到女儿才决定自首的。我这辈子最大的愿望就是见到我妈妈，给她老人家磕几个头，求她老人家原谅。然后就是等我老了，能听见女儿喊我一声'爸爸'，女儿的娃娃能喊我一声'外公'。"

想到未来，李鸿越发快乐起来。他立马放下酒杯，说："走！我身上只有一块一毛钱了。你先帮我买身衣服，以后我一定会还你的。"

我看着他笑了笑说："要得。我记下了，可是你自己说的哈！将来要还我的。"

他也笑了，说："你别小看我，我有技术。只要我能正常地活在社会上，赚钱不是问题。"

在李鸿的带领下，我们一起来到步行街的服装店里。他自己选中了一身休闲装，试穿后很满意，然后又要了一顶帽子。

"你们相信我是个杀人犯吗？明天我就要离开了，就要和你们说再见了。"李鸿突然对店里的一个女服务员说，甚至伸手想和对方握手。女服务员看着这个奇怪的客人，很惊慌，拒绝和李鸿握手。

同事赶紧解释："他是开玩笑的……"

不知道是不是酒精的缘故，被拒绝后的李鸿显得有点狂躁。只见他一把拽掉帽子上的标牌，戴上后甩手就出了门，我赶紧付了钱追出门。李鸿忽然间的情绪变化让我很担心，他中途变卦的话，我们怎么办？

"你换上这身衣服很帅。"我追上他后主动说。

"我们现在去哪里？你们看我这发型还好吧？我们到红河州政府广场去，你们帮我拍张照片，留个纪念。毕竟我在那里付出过辛勤的汗水。我刚来的时候，那里刚刚开始搞建设，什么都没有。"李鸿提出了新的要求。我没法拒绝，只能开着车来到红河州政府广场。

我一看，广场不远处就是红河州公安局。

红河州政府广场占地100多亩，走一圈下来至少需要一个半小时。红河州的连体办公楼，一度因奢华而走红网络，不仅引来了相关部门的调查，也引来了传销组织的注意。甚至有传销组织根据广场的豪华，编造出了一连串有鼻子有眼的故事，有人借题发挥，有人被骗入局。

让我没想到的是，这里竟然是李鸿藏匿时间最久的地方。在广场工地的那些年，李鸿挣多少花多少，既没有朋友，也不敢交朋友。内心严重压抑的时候就烂醉一场。当然喝酒也只是自己一个人喝，喝完再一个人对着影子说话。

在广场上最显眼的金牛雕塑前，李鸿提出要和我合个影。我依他，合完影后，李鸿忽然对我说："汤记者，你说如果我现在变卦了，不想去自首了，你会怎么办？"

"如果你食言，那是你的选择，我也阻止不了你。但是，我们几个人一直陪着你，你觉得是为什么呢？我们是在给你机会、帮助你、成全你。如果你变卦了，那性质就不一样了。后面的事，就不是我所能掌控的了。你考虑好，随便你。"我说这番话的时候，同事都看着我，没有说话。

一直在摄像的何老师走过来，对李鸿说："机会是你自己争取的，你有权利放弃，我们不会阻止你。不过你要想好，我们不会一直陪着你。"

李鸿随即看着我，说："你们以为我傻吗？如果我逃跑，旁边立刻会出现几百个便衣！不过还是谢谢你们，陪了我那么久，陪我吃饭、陪我买衣服，给了我最后的尊严。"

这里当然没有几百个便衣，但我能感觉到李鸿眼中的惊恐，他到底在害怕什么呢？

我问："你想好了吗？如果想好了我们就走吧。"

七

"走吧，我今天跟你走了，也算是条汉子。放心，我不会输给王会的。"李鸿说完后便主动上了车。

经过一天的周旋，我们终于把李鸿带进红河州公安局。值班民警给他叫了一份外卖。李鸿见里面有鸡腿和大虾，很是激动，说没想到能给他点这么好的饭菜。

很快，辖区公安局刑侦大队民警来了。李鸿戴上手铐，坐上警车的后排座，左边右边各坐进一名民警，我则坐到了警车的副驾位上。

停车后，民警将李鸿带往二楼讯问室，我跟了上去，刚到门口的时候，一个民警对我说："你们不能进去。接下来没你们什么事了，都交给我们吧。"

忽然李鸿转过身看着我，眼神慌张无助。

"走，进去做个笔录。"两个民警不由分说，架着李鸿的胳膊，将他带进讯问室。

忽然，李鸿挣扎着，回过头看着我，他的眼神里充满了愤怒和抱怨，还咬牙切齿地对我喊道："汤记者，如果我被判死刑，做鬼都不会放过你！"

我整个人都僵住了，李鸿的那个眼神，令我不寒而栗。

"走吧，走吧，这里没你们的事了。"民警再次催促我离开，我看着空荡荡的走廊，待在原地。

"走吧，小汤。"何老师说。

"走吧，我们算是圆满完成任务了，中午几乎没吃什么东西，饿死我啦，我们吃饭去吧。"同事也安抚我说。

回程是何老师开的车，他们都听到了李鸿对我的诅咒。

5天后，李鸿等来了家乡的民警。

再见到我时，李鸿很开心，说一开始的时候太害怕了。

但是因为媒体参与的缘故，警察对他特别关照，每天都有肉吃，更没有人为难他。

李鸿请我帮他去找找女儿，他说自己没有能力照顾女儿，但是女儿的爷爷、奶奶和叔叔都会帮他照顾，女儿身体里毕竟流着他们家的血。他现在最牵挂的就是这个女儿，等他出狱了，无论如何都要去认回来。

我根据李鸿提供的时间算了算，他女儿现在已经 14 岁了。她在哪里？母亲有没有重新嫁人？她的母亲有没有告诉她父亲为什么不见了？万一她知道父亲是杀人犯的事，是否会产生心理压力？

我对李鸿说了我的顾虑，他却满不在乎地说："你不用怕，她在山区里长大的，她懂什么？我是她爹这个事实，永远都改变不了，她怎么都得认我这个爹。再说，我对不起她，因为我有苦衷，她知道真相后，会明白我离开她是有原因的，更应该理解。"

可见，李鸿在女儿的问题上显得异常自私。他接着说："至于我的父母，这辈子我无法对他们尽孝了。他们今年都 70 岁了，等我坐牢回来，可能也都不在人世了。我这辈子注定亏欠了我父母，只有下辈子再来还了。"

只有说到父母，他的语气中才有一丝愧疚。

八

第二天中午，刚一上回家的列车，李鸿的话就变多了。他和王会不一样，从上车就开始倒计时，他一个小时一个小时地数着："再有 18 个小时，我就回家了，我的心情怎么能平静，已经 19 年了呀。"

很多年没有坐过火车的李鸿，和王会一样感慨："我好久都没有坐过火车了。更没有坐过软卧，真舒服。想当年扒火车逃亡时，我身上没有钱，上了火车就爬到天花板里藏着，差点儿被闷死。"

李鸿想起 19 年前的那一晚，他和好朋友约好吃夜宵。当时他才下夜班，身上的工作服都没有换，来到夜宵摊刚坐下，没喝几杯酒，就和先到的朋友起了冲突。

对方是个退伍军人，有点看不起他们这些工厂子弟，他指使李鸿去买烟，李鸿和好友当然不干，三人从争吵变成了互殴。

混乱中，动了刀，闹出了人命。

李鸿感叹说："酒呀，真是好东西，成也是它，败也是它。想当年，我如果不是喝多了，也不会把人给杀死。"

押解的王警官听后，忍不住补充说："你们也真够坏的，捅了人家为什么还把人家丢进江里？他真正的死因不是刀伤，是溺亡。"

李鸿闻言一惊，呆呆地看着王警官，半天都没回过神儿来。他盯着王警官问："我那一刀没有杀死他？"

王警官说："是的，他死亡的根本原因是溺水。你那个同伙当时跑广州去了，但他刚到广州就被抓了。抓回来以后，他把整个事情的经过都交代了，后来判了他7年。在牢中改造良好，现在人家早已出狱，娶妻生子了。"

我就坐在李鸿的对面，能感受得到他此时此刻的崩溃。他要是知道对方当时没有死，根本不会和同伴一起把他丢进江里，更用不着逃跑。他过了好一阵子才自言自语："他肯定是把罪责都推到我身上了，反正警察没抓到我，他怎么说都没人对质。不然人命关天的事，怎么可能只判7年。这下完蛋了，所有罪责都是我一人的了，法院怎么可能轻判。"

王警官警告说："你现在想这些都没用了。好好想想怎么交代你的问题，争取宽大处理才是。在法院没有认定之前，你有任何反复都很可能会对你不利。我觉得你是聪明人，知道该怎么做。"

"我知道，现在说什么都没用了。汤记者，我想知道王会判了没有？你能打个电话问问吗？"李鸿说。

我想缓和李鸿的绝望，立刻给王会的法律援助侯律师打了电话。侯律师说，王会的公诉很快就会开始，但王会拒绝律师为他做任何辩护。王会说自己是个罪人，他接受法院对他做出的任何判决。侯律师也不明白王会为什么要放弃属于他的权利。

李鸿听说王会放弃为自己辩护，也觉得不可思议。他曾经说自己愿认罪伏法，但不会放弃应有的权利。人与人之间的想法可以不同，但不支持王会这么不理智。

我和李鸿接触的时候，他一直很关心王会的事。不管怎样，王会也是他自首路上的"引路人"。

火车快要到合川的时候，李鸿说，他、王会，还有我，我们三个人今生有缘分。等到他和王会都重获新生的时候，三个人一定要聚一聚。

"到时候就由我来做东。"李鸿笑得自信满满。

看着李鸿畅想未来的样子，王警官劝他把心态放正，毕竟他背着一条人命，心里应该有些自责的。李鸿听闻不乐意了，说承认对不起死者，但更对不起自己。逃亡的这些年，他天天都在后悔，他尝尽了苟且偷生的不堪和狼狈，尤其是骨肉分离的无奈和痛苦。这些痛苦已经快要将他最后的一点坚强压垮。难道这不是老天对他的惩罚吗？

当列车广播传来"本次列车的终点站重庆站就要到了，请各位旅客做好下车准备……"时，李鸿竟忽然笑了起来，但脸特别僵硬。看到他状态失常，王警官问："你想干吗？"

李鸿说："没事，我就是忽然激动了。我也是个有乡愁的人，毕竟19年都没有回来过了。"听李鸿这么说，我忽然好奇，李鸿爱诗，若以《乡愁》为题，他又会填进怎样的文字？

列车到站了，我看见重庆的众多媒体记者早早地就等候在站台。李鸿刚出现在车门口，各式"长枪短炮"就立刻对准了他。突然成了众多家乡媒体关注的焦点，这是李鸿始料未及的。他表情痛苦，言不由衷地说："没什么，我有心理准备，犯了罪就理应受法律制裁，我认罪伏法……"

一辆警车停在站台里，我们没出站就直接上了车。从重庆到合川走高速公路还需要 45 分钟。在警车上，坐在李鸿身边的民警问他是否记得回家的路。李鸿说当年的老路，哪里有个弯，哪里有个坑，他闭着眼睛都晓得。但现在是高速公路，真不知道该怎么走了。

从与我通电话起就一直说着普通话的李鸿，此时终于说出了一口流利的重庆话。他其实没必要说普通话的，因为他说的普通话比重庆话听起来更费劲。李鸿看着窗外的景色感慨道："19 年了，变化真的好大！想一想，离开家 19 年，应该衣锦还乡才对。可我……如果我现在是个自由人就好了。"

此时的李鸿，说话还像在作诗。但很快，现实就要将他狠狠地锤倒了。

九

警车驶下高速，进了城区，穿过繁华的街道，最后在合川区公安局门口停下。李鸿刚跟跄下车，一位警官就走过来，拍了拍他的肩膀说："李鸿，你还认识我吗？"

李鸿戴着手铐和脚镣，弯着腰低着头，不愿意面对媒体的镜头，只是机械地按照警官的提示下了车，往前走。当感觉到有人拍他的肩时，便抬起了头。看着眼前的警官，嘴角抽搐了一下，勉强地挤出一丝笑容，表情复杂地说："当然记得。当年就是你抓我进的警察局。"

满面春风的警官没有在意李鸿的表情，而是笑着说："回来就好，回来就好。我们现在正在开展'破积案，追逃犯'行动，你是合川投案自首第一人啊，如果能好好配合我们的工作，我们一定会争取宽大处理。"

警官这话像是说给李鸿周围的媒体记者听的，他应该是个职务不低的领导。话刚说完，记者就向他围拢过去，他也就招呼着记者们进了办公楼。

只剩李鸿待在原地，脸上红一阵白一阵。这时，一对白发苍苍的老人见领导离开，才迎了过来，李鸿先是一愣，随即反应过来，眼前的白发老人就是自己日思夜想的父母。李鸿一声"妈"刚喊出来，眼泪鼻涕也跟着一起涌了出来。

李鸿的母亲既没有哭，又没有正面回应儿子，估计"酒疯子"的儿子还是让她心有余悸吧。她冷静地说："你既然回来了，就要老老实实把你的事情交代清楚。那么多年了，你不知道我们是怎么过来的，你爸爸好几次都起不来床了……你看看，我们都七八十岁了，你还要我们为你操多少心啊？"

"妈，对不起……"李鸿的眼泪多过言语。也许，两代人余生能够再见很是不易，加之时间有限，即便有很多想说的话，到了嘴边也不得不又咽了回去。

　　和父母短暂地见过面之后，李鸿就被带走了。他在做笔录之前，提出想再见我一面。经过办案民警同意后，我来到了讯问室，空旷的房间中央有一套专门为犯罪嫌疑人准备的桌椅，这套桌椅是不能移动的，李鸿坐在那里，手脚都是被固定住的。

　　"汤记者，我今天算是经历了这辈子最狼狈的时刻。不过，现在说什么都没有用了。我只相信你，想拜托你两件事：第一件事是你把你写我的报纸拿一份给我父母，今天见面没机会说那么多话，他们看了报也能知道我投案自首的整个过程和我这些年的一些经历；另外一件事就是我想请你回去帮我找找我的女儿，找到以后告诉她我很爱她，一直都想着她。我到监狱服刑一定会努力表现，争取减刑，等我出狱了一定会去看她。如果她愿意，可以把她接到爷爷奶奶身边来生活……"时间有限，李鸿如同交代后事一般快速地对我说，我看得出他很痛苦，因为他说着说着就再也说不下去了。

　　我告诉李鸿，报纸我带了，一定会送一份给他父母。女儿我也可以帮他去找，但是出于对青春期孩子的保护，现在不是把一切都告诉她的时候，等他出狱后也许会更好。李鸿想了想，同意了我的说法，答应暂时不去打扰孩子。

　　从讯问室出来，我看见记者们正围着李鸿的父母采访。两个老人一边抹眼泪，一边谨慎地回答大家的问题，生怕哪里配合不好会影响到李鸿量刑。人群中有人提出要去李鸿父母家里看看，李鸿的妈妈闻言面露难色，弯下腰给大家鞠了个躬说："感谢你们对我家李鸿的关心。但是要请你们原谅，家里就不要去了。因为我家里现在还有个在上学的孙子，我不想打扰到他。"

李鸿的父亲也在人群中不断弯腰鞠躬，嘴里不停地说："对不起大家，对不起大家……"

看得出来两个老人都知书达理。为了儿子，他们已经卑微到了无法再卑微的地步。我知道记者抢镜头和内容是工作所迫，但看到大家如此"围攻"似的采访，也觉得有点过分。我很同情两个老人，所以并没有急着去凑热闹，只是站在一旁看着他们。

这时，有个记者来到我身边，轻声问我："你就是云南的汤记者吧？听说李鸿在云南有个女儿，现在是什么情况？你采访过她吗？我们也想去采访她，你给介绍一下好吗？"

我转过头看着这个记者，说女孩今年 14 岁，还未成年，我们不应该去打扰她。

记者很不屑，盯着我的眼睛说："你是想做独家吗？"

我说："就算我要做，也是等她成年之后。"

没想到，对方特别轻蔑地看着我，笑了一下说："纸包不住火，我会找到她的。"说完就转身走了。

看着他远去的背影，我心凉了一截。就在这时，刑侦科办案人员找我去做笔录，我也得以从记者圈中脱身。

等我做完笔录出来，媒体的同行们已经散去。但没想到的是李鸿的父母还在公安局门口悄悄地等待，说想请我去家里坐坐。我问会不会影响到他们的孙子，老人告诉我，孙子下午要上学，现在不在家。

李鸿的经历我已经了解得差不多了。这次跟他回重庆，主要也打算采访李鸿的父母。于是直接跟着他们来到工厂住宿区的家。我们进屋后发现家中有人，那个人看见我们很意外，李鸿母亲赶紧解释："李鸿投案自首回来了。这两位是送李鸿回来的记者。"说完又转身给我们介绍，这是她的小儿媳妇。儿媳妇显然没有接受刚才的信息，她反问一遍："等等……你说什么？李鸿投案自首？什么情况？他为什么要投案自首？还有记者，是来采访的吗？"

这个儿媳妇一看就是个厉害角色，还不等我解释，她就立刻发飙了："我们不接受采访。妈，你老糊涂了？你孙子还在上小学，现在忽然回来个杀人犯的大伯，记者还要采访，等新闻一报道，满世界的人都知道了，你让你孙子今后怎么做人？这么残酷的事千万不要让娃娃知道。他的事不关我们，你们赶紧走吧，不要来影响我们。"

两位老人一时不知道如何回答，为难地看看我们，又看看儿媳妇。我握着老人的手说："阿姨，不方便的话我们就走了。"

老人只能送我们下楼，她很抱歉地说："我还以为她去上班了，没想到还在家。这下完了，家无宁日了。不过事情总要解决的，我就两个儿子，手心手背都是肉，不管怎么说我们也得管李鸿。"

我从包里拿了一份报纸，连同一张我的名片，一起递给

李鸿终于与 19 年未见的母亲重逢

李鸿的母亲，让她抽空看一下。当务之急还是赶紧回家去安抚儿媳。

下午 4 点的时候，李鸿的母亲给我打来电话，说她看完了我写的报道，很感谢我把儿子送回来，她原想留我们在她家，好好说说话，然后请我们吃个饭。没想到儿媳妇反应这么大，现在家里已经乱了套。她问我住在什么地方，干脆她过来找我，有好多话想和我说。

第二天一大早，我吃完早餐刚回到房间，李鸿的父母就来敲门了。老两口还没进屋，李鸿的父亲就开始道歉："真是不好意思，昨天实在是对不住……"

我请他们进屋，给他们泡了茶。在李鸿母亲声泪俱下的诉说中，我看见了一个母亲 43 年的沧桑心路。

＋

李鸿的母亲坐在沙发上，双手捧着茶杯，双目低垂看着杯子里的茶水，过了好一会儿才说："好多话真是不知从何说起。要是在当年，他回来，我根本不会去看他的。但现在想想，不管是好是坏，总是自己的儿。我再气再恨，也不能不认他。

"你们可能难以想象，我是在他逃跑以后才勉强过上了几天安心的日子。我这个儿子从小就千翻①得很。长大了也不消停，不好好读书，整天主意大得很。后来就爱上了喝酒，喝多了以后脾气暴躁得很。我虽然是他的妈妈，可他眼里哪有我？要钱如果不给，他连我都要打。我的胳膊就是被他打得落下了病根，到现在都痛。单位里的好些长辈们看不下去了，都劝他。但他从来都不会听的，脾气一来，根本不管谁是谁。这次他能投案自首，可能真是他良心发现了，如果再不回来，怕是这辈子都见不着我们了。

"他没在的这十几年，我们过得很平静，我就当没有这个儿子了。可前天突然接到公安局的电话，说他被送回来了，我心情又开始不平静了。我这一辈子过到现在，都70岁了，还得硬撑着这个家，是为什么？是因为儿子不成器啊。不过，现在他回来了，悔过自新了，我好像能看到点儿希望。

"说了不怕你笑话，李鸿在的时候，我半夜睡觉都不踏实，生怕他喝醉回来发酒疯。那时候这个家就跟地狱似的。他逃亡后，我们便再也不愿意对人提起他了，都是不堪回首的往事。"

李鸿逃走之后，老两口曾亲口对民警说："我们巴望你们能抓住他，把他枪毙了。这样的儿子不要也罢！"

谁料在19年后，消失已久的儿子回来了。做母亲的当然不能坐视不管，她想要儿子变好的心是一样的。聊天中，

---

①　方言音，意为调皮。——编者注

她无奈地问我："他能改好吗？他还能改好吗？"

能感觉得出来，这个家是李鸿的母亲做主。她说什么，老伴儿总是在一旁附和。她说老两口的退休工资加起来虽然有几千块，可小儿子夫妇都下岗了，一家三口都是跟着吃他们的退休工资，生活很拮据。如今李鸿回来了，他需要钱，做父母的肯定不能含糊。他在云南的女儿，当爷爷奶奶的也不能不管。

"我生了两个儿子，但从来没有享过两个儿子的福，日子再苦我也攒钱买下了两套房子。一套是单位的老房子，另一套是单位的集资房。当时我决定买集资房的时候，老头子因为没钱不同意。我不管，借钱把房子买了。我想，我有两个儿子，我得为他们的将来做些打算。特别是我的大儿子，那时候虽然不知道他是死是活，但是我必须得为他考虑。如果他有回来的一天，起码能有个住的地方。"

很明显，这是个"刀子嘴豆腐心"的母亲，她一面说这个儿子死在外面她都不会伤心，一面还是省吃俭用为他买房子，这也许就是母爱，是女性的本能。

"汤记者，我还想托你件事，但我又觉得不好意思开口。你已经为李鸿做了那么多，我不想再麻烦你。可是，如果没有你的帮助，我们又觉得很难。我儿媳妇知道李鸿有个女儿，虽然没有表态，但看得出来她很不开心。我觉得现在要把这个姑娘接回来还不太现实。但是，不接回来，我心里又放不下。你们回去以后，能不能帮我打听到这个姑娘的下落，我想去看看这个姑娘。"

　　我答应他们回昆明就去帮忙打听孙女的下落。李鸿妈妈千恩万谢，说如果打听到了，一定告诉他们一声。如果孙女过得好，他们可以先不去打扰她。如果过得不好，爷爷奶奶一定会倾尽所有关爱她。李鸿尽不了的责任，他们做父母的替儿子去做。"不管怎么说，我们一定会站在娃娃的角度考虑，绝对不会做伤害她的事。"李鸿妈妈说。

　　一上午的时间里，一直是李鸿的母亲在说话，老父亲偶尔会插嘴补充一两句。我估计李妈妈很久没说过那么多话了。和王会的母亲不同，李鸿的母亲也经历过心碎，但她自始至终都没有流过一滴眼泪，用她的话说："我的眼泪早就流干了，自己生的儿子，无论是好是坏，就算是坨屎，也得自己忍受。"从她身上，我感受到了另一层面的"为母则刚"。

　　临近午饭时间，李妈妈提出要请我们吃饭，我们拒绝了。她又拿出些钱来，说我请李鸿吃饭，还给李鸿买衣服，都是欠我的，一定要还给我。我谢绝了，跟她说："阿姨，李鸿说他欠我的他以后会还，就等他以后还吧。"

　　有时候世界很大，大到终其一生都无法追逐到一个人；有时候世界很小，小到你越怕什么就越能遇到什么。我信了"冥冥之中早已注定"的说法。

第三章

加入清网行动

　　送逃亡 19 年的李鸿回家投案自首，立刻使我成了重庆媒体关注的焦点。很快，我便做客重庆卫视的节目"拍案说法"，与主持人面对面聊了些大家关注的话题。

　　主持人问我，能成功劝导两名杀人逃亡十多年的嫌犯投案自首，最关键的原因是什么。

　　我想了想，说首先肯定是媒体的公信力。嫌犯能够对我敞开心扉，把私藏很久的逃亡秘密坦然地告诉我，是对记者这个职业的信任。而逃亡了十多年的嫌犯，更是承受着来自各方面的压力。而这些压力中，最大的应该是心理压力。作为负案在逃的嫌犯，他们更加渴望有正常人的生活。但与之矛盾的是，他们都没有勇气面对自己应该承担的那种责任。在抱着侥幸心理逃避法律制裁的同时，又不知不觉把自己逼进了另一条越走越窄的死胡同。我觉得我之所以能够成功劝他们投案自首，是因为我让他们明白了不要把自己逼死在死胡同里，必须勇敢走出来才有希望的道理。有希望才会有动力。对亲情的渴望，对光明的向往，对未来的美好憧憬，是促使他们愿意与我沟通和配合的主要原因。

接着，主持人又问了一个大家都关心的问题，为什么嫌疑人想投案自首时都愿意找我，而没有直接找警方。

我分析主要原因是他们对我国的自首政策不了解，由于不了解自然会带来不信任。他们这些在逃犯选择找记者倾诉自己的困惑和无助的原因，一方面是出于对记者的信任，另一方面也是希望通过在记者的陪同下自首，可以让记者起到一个见证人的作用，认定自己的自首情节。此外，也不排除一些逃犯有想要通过媒体对于自己自首事件的报道，引起社会的关注，从而达到从对自己从轻量刑的目的。

当然，我遇到的这两位嫌疑人，当时都是因为激情犯罪而逃亡，案发后都有强烈的负罪感。他们非常希望找人倾诉自己的内心世界，也非常希望别人能够对自己激情犯罪的行为给予理解。他们俩都长期关注过我写的报道，从文字中能感受到我是个同理心强且值得信赖的人。他们也希望通过我的报道，让大家对他们当年的犯罪行为给予理解。让社会客观评价自己不是本性极坏的人，而是一时冲动导致了犯罪，从而提高自己的社会评价。

更重要的是，记者在明处，而他们在暗处，身份也尽可能地不会被暴露，如果自己反悔，完全可以立刻消失在茫茫人海中。如果直接向公安机关自首，则再无回旋的余地。

此外，一个在逃犯通过记者自首的消息被媒体广泛报道并得到一个妥善的处理后，其实对其他在逃犯也具有引导作用。

按照《中华人民共和国刑法》，不管是自己到公安机关自首，还是通过记者，或者在家人陪同到下到公安机关自首，如实供述自己罪行的，可以从轻或者减轻处罚。

因此，我们也建议警方能够加大鼓励嫌犯投案自首的宣传力度，增加嫌犯对相关部门的信任度，以改变群众对于自首的怀疑和看法。这对于案件的侦破应该是有益的。

不管作为媒体工作者还是执法工作者，我们都应该让犯罪嫌疑人感觉到，社会没有抛弃他们。我们都应该让他们体会到，对于有悔过意识，能认罪伏法的嫌犯，大家都在给他们机会，让他们的良知和善性能够安全回归，这样也能消除群众的安全隐患。

从重庆返回到云南后，我第一时间委托报社驻西双版纳记者站的同事帮忙打听李鸿女儿的下落。根据李鸿提供的线索，同事很快给我反馈说女孩找到了，现在正在上学。女孩的母亲早已改嫁，现在女孩与外公、外婆生活在一起。为了不打扰女孩的正常生活，我放弃了这个在同行眼中无比羡慕的独家新闻。

我将此消息带到了重庆，李鸿的父母也决定暂时不去相认。我不知道我这样做对不对，我也是母亲，我觉得对孩子最好的爱，不仅仅是物质，还有保护和成全。

不久后，我也接到李鸿母亲的电话，法院已经认定李鸿的自首情节，李鸿最终被判处有期徒刑15年。想到李鸿19年不敢自首，很大程度上就是怕警察，怕见到那个有头有脸的情敌，他甚至想过一辈子就这样浑浑噩噩下去。但如今，他有了无论如何都放不下的执念，就是想像所有父亲一样，能坦坦荡荡地去见一下他的宝贝女儿。

李鸿的一生，被爱困住，也被爱救赎。

第二年的春节，我收到一封来自监狱的信，一看居然是王会写的。

他告诉我，由于他主动向公安机关投案自首，法院对他从轻量刑，最终判处有期徒刑 15 年。他没有上诉，觉得自己罪有应得。他的判决结果我其实早就知道，潘警官在法院判决下来后第一时间就告诉了我，他觉得王会这次是真的想改过自新。

王会说，到监狱后，他给监狱的管教干部讲了我去劝他自首的故事，大家都觉得不可思议。管教还建议他把这个故事写出来，让其他服刑人员学习学习。

王会还说哥哥姐姐年前都去监狱看过他了，父母在家，身体也都好。在监狱的日子过得很踏实，他是从心底认罪伏法，如果能够争取到减刑，他出狱后最大的愿望，就是找一个心爱的女人，办一场热闹的婚宴。

"汤小妹，到时，你一定要来喝一杯喜酒。"从王会的信中可以看出，他是真的放下心里的枷锁了。

在一些人眼里，"女记者"是一个被裹挟了诸多想象的角色，甚至会被贴上"社交家""美女记者"的标签。但在我看来，这份职业更接近一部纪录片——事前不知道下一步会发生什么，但事后看每个环节都能精准拆分。

时隔多年，我依然记得和王会的单刀赴会：随时面对意外，也随时制造惊喜。正应了媒体圈中有句流传很广的话：当你看到我的时候，我和新闻在纸上；你看不到我的时候，我和新闻在路上。

春季刚过完，我就接到了新闻热线。这次的采访对象也是一个逃犯，只是我却没有机会劝他自首了。

据线索人爆料称，2010 年 2 月 28 日的晚上，红河州弥勒县的村民付勇（化名）用刀砍死妻子，第二天一早畏罪潜逃了。我驱车赶到案发村庄后，一路打听找到了付勇家。家里当时只有一个女孩在，上前一问，正是付勇的女儿小丽。

女孩显然没有从失去母亲的悲痛中走出来，但听说我是记者后，还是和我回忆起了案发时的经过。小丽说最后一次见到妈妈是元宵节，因为是个星期天。那天妈妈和爸爸一起送她到的学校，妈妈走的时候说星期二再来看她，给她送换洗的衣服来。当天天气预报说晚上能看到一年当中最大的月亮，小丽却在这个月圆之夜做了个噩梦。

梦中，小丽看到爸爸猛地抱起妈妈来到井边，残忍地将妈妈头朝下插进井里，小丽大喊："爸爸不要！"等小丽惊醒后发现眼泪已经湿了枕头，她好怕妈妈真的有一天会突然死去。

因为这个噩梦，小丽焦急地等到了星期二，但妈妈没有出现。更诡异的是，妈妈的电话怎么打也打不通。小丽预感到不对，赶紧请假赶回家。推开家门发现家里没有人，敏感的小丽发现家中有零星的血迹，她顺着一直通往妈妈卧室的血迹找去。小丽发现床上新换了床单，她鼓起勇气掀开床单，只见席梦思上有好大的一摊血迹。

"我觉得我妈肯定是出事了。"小丽转身跑去找爷爷，把家里的一切告诉爷爷后。爷爷一想才发现不对劲。就在昨天一大早，他都还没起床，儿子付勇就冲进卧室找他，当时他还很生气，让儿子等他起床。没想到付勇只说了一句"我要去打工了"，就转身出了门，骑上摩托车走了。

小丽和爷爷一路飞奔到派出所报案。果然，第二天民警就在小丽家的烤烟房里发现了小丽妈妈严秀的尸体。此时，付勇早已逃匿，下落不明。

这个家庭究竟是怎么了，才会发生这样的惨剧？我带着疑问和小丽耐心交流起来，这才得知，这背后隐藏了十几年的家庭暴力。

据小丽讲述，她的爸爸都不管有没有人在，经常殴打她妈妈。更让小丽惊恐的是，爸爸下手很重。有一次，一巴掌就把妈妈打晕了，导致妈妈的耳朵后来一直出血，听力也不行了。但是小丽和我说，爸爸每一次打妈妈后，都会后悔，无数次当着众人的面跪地求饶，承诺今后再也不会打她了。

小丽还和我说，她曾亲眼看见爸爸抱着妈妈硬往井里塞。这事给幼小的她留下了心理阴影，也是她经常做噩梦的原因。小丽虽然只有 14 岁，但她已经能理解爸爸给妈妈带来的痛苦，但她不能理解家庭暴力的无奈。如果是外人这样打自己的妈妈，她肯定要和对方拼命，可打人者是自己的爸爸，她什么也做不了。

小丽妈妈去年曾经向法院递交了离婚起诉状，后来在亲戚的劝说下，又犹豫了。"今年过年我和我妈去了外婆家，之后我妈就一直住在我外婆家没有回来。我爸爸知道后，翻墙进来，要拖我妈回去，我妈不肯。外婆家的邻居都让我妈到外面去躲躲，但我妈记挂着我们没去，前几天还自己回家来看我和我哥。当时我爸和我妈见面也没有吵，还一起送我去学校，我还以为我爸是不是有所反省，觉得对不起我妈，所以没有吵闹。是我大意了，应该劝我妈不要回家的……"小丽边说边哭。

就在我采访小丽的时候，小丽的哥哥小刚回来了，他愤怒地对我说："要是知道他会对妈妈下这样的毒手，我应该早点把他干掉！"

母亲被父亲杀害，小刚无法面对这样的结果。他说出的话早已丧失理智，而且他再也叫不出"爸爸"两个字。

"他（父亲）的脾气很暴躁，常常莫名其妙地发火。比如，我妈妈在门口遇到熟人打个招呼，或是说上几句话，他都要打我妈妈。"小刚兄妹都无法理解父亲的所作所为。只要父亲一发火，可怜的妈妈立马被吓得战战兢兢、不知所措。

这样的日子，兄妹俩看在眼里，难过在心里。父亲是长辈，他们也不敢对他怎么样，只能劝妈妈离婚，分开了就不用再受父亲的气了。小刚刚满18岁，就只身外出打工了。他说如果挣到钱了，就在城里找个地方落脚，然后把妈妈接到身边。那时，如果父亲还敢追到城里来打，他会对父亲不客气。

然而，小刚挣钱的速度赶不上悲剧发生的速度，妈妈还是惨死了。家中突然的变故让小刚成熟了很多，他不断安慰妹妹，让妹妹好好读书，以后自己会努力打工供妹妹把书读完。

离开付家，我的心情异常沉重。"最亲近的人犯罪"数量呈逐年上升趋势。从某种程度上来说，对女性威胁最大的人可能就躺在枕边。杀手不会突然失控，但人们对于家庭暴力，惯常的态度都是"既视而不见，又拒不相信"。我想，如果有人早一点制止，这场悲剧是不是可以避免呢？

案发一周不到，警方在一边境小县城的农户家楼上发现了已经上吊自杀的付勇。

据该农户称，付勇说自己是出来打工的，没地方住，想在他家借住一晚上。一开始，这家人没打算收留他，告诉他路边有很多旅馆可以住，可付勇说自己没有钱，一再央求农户让他留宿一晚。看他说得很真诚，这家人就好心收留了他，安排他住到楼上的房间。

但万万没想到的是，第二天上午农户一家迟迟不见他下楼，就到楼上去喊他下楼吃早餐，却发现付勇已经上吊自杀了。民警在付勇身上发现了2900元钱，大家推测这应该是他卖摩托车的钱，他很可能是想卖了摩托车后逃往境外。

可付勇为什么到了边境，又选择在别人家的楼上自杀？原因已经不得而知了。但付勇的死未能消解家人的悲痛，儿子小刚拒绝安葬父亲，也不准爷爷将父亲的骨灰带回家。在这对年轻兄妹的心里，父亲是杀害母亲的凶手，即便父亲为此自杀谢罪，也弥补不了他犯下的罪恶。

付勇是在长期的家庭暴力中杀害了妻子，他和之前王会、李鸿等人在意外冲突中致人死亡不同。但凶杀案发生后，他们最先想到的都是用逃跑的方式来躲避法律的制裁。追逃成了警察的一大繁重任务，逃犯也严重影响了社会治安、群众的生产生活及其安全感。

2011年初，全国公安机关在"大走访"过程中就发现，有媒体披露安徽一网上追逃犯，在逃亡期间制造了系列强奸案，这引起了公安部高层的重视。公安机关立即安排工作组前往案发地明察暗访。工作组调查发现，案情比媒体报道的还要触目惊心。嫌犯在逃的16年间，不仅强奸多名妇女，而且因涉嫌故意伤害，被再次列为通缉犯。因未能有效实施抓捕，使其得以继续作恶多年。

公安部高层领导得知后，雷霆震怒。一个逃犯就在众目睽睽之下作案多起，就是抓不到。如果早点抓到这个恶魔，又何至于出现如此惊天动地的大案。

还有一些省份的媒体也报道过有的网上追逃犯竟然摇身一变，成了村干部、商人、明星的新闻。有的省，甚至有数百个逃犯身份被"漂白"。群众的强烈呼声，一桩桩在逃犯犯下的恶性事件，让公安部高层领导深感震撼，开展一场抓捕在逃人员的专项行动迫在眉睫。

5月26日，全国公安机关网上追逃专项督察"清网行动"电视电话会议召开，一场以"全国追逃、全警追逃"的力度缉捕在逃各类犯罪嫌疑人的战役正式打响。至此，出现了一个新词语——"清网"。

　　不明就里的读者刚开始搞不懂什么是"清网"，随着一个个逃犯落网后声势浩大的宣传，大家明白了，这张"网"，是全国公安机关织起的一张覆盖全国的"法网"，也是一张由科技和信息织就的"天网"。这张大"网"，也最大限度地挤压了逃犯的活动空间。

　　这时候，我的电话也再次被拨通了。

第四章

父亲的秘密

一

那是 2011 年的 6 月 6 日，"清网行动"开始的第 10 天，我接到一个陌生电话，电话那边的人想约我见上一面，一起吃顿饭。

电话来自西安的追逃警察刘立新，他在电话里说："我很想见见能把相某带来自首的人。你不知道，我自从接了相某的案子，只要一有线索我就去追，他去过的地方我都去过，遗憾的是我始终没能抓到他。"

我们见面后才知道，4 年来，刘警官对相锐（化名）的追逃里程达 4000 多千米，相锐的卷宗是他所办案件里最厚的。尽管这样，他依然没有放弃，就像一只猎犬，一旦嗅到猎物的味道，立刻飞扑过去。

但遗憾的是，每一次刘警官都扑空了。他说："无论相锐逃到哪里，逃了多久，我都要把他找到。一来是警察的职责，二来是要把这孩子拉回来。他现在才 20 多岁，人生还很长。认罪伏法、改过自新之后，他还有时间可以从头来过。”

刘警官的这句话深深地打动了我，也让我对之前劝说王会、李鸿自首，有了新的认知。至于刘警官说的这个相锐，也是所有逃犯中最触动我的一个。

对于母亲的死，父亲一直耿耿于怀。其实，相锐也是。

那是 1999 年春节前夕，忙完身边的事，终于可以闲下来了，那时的相锐心里一直记挂着要给母亲买件新衣服过年。

相锐从小心思便不在学习上，又常常被坏孩子欺负。于是他念完初中就辍学了，回到父亲的作坊里帮忙。父亲脾气暴躁，又有大男子主义，家里一切都是他说了算。好在母亲善良、温柔，懂得谦让，一家人还算和睦。

不久前，母亲早早为父子俩添置了新衣，却舍不得为自己花一分钱。已经 18 岁的相锐很心疼母亲，他想用自己攒的零花钱买件新衣服给母亲。

屋外下着小雨，天气预报说有雨夹雪。北方的冬天，这样的天气不算恶劣。相锐催促母亲抓紧时间出门，看到儿子这份孝心，母亲很是开心。母亲穿上大衣，和儿子兴高采烈地出了门。

父亲见状，跟出来开口就骂：“你这个没用的家伙，有本事你自己去挣点钱回来花，别净拿老子的钱做好人。"

可能是恨铁不成钢，父亲总是看不惯相锐：骂他读书不成器，骂他在学校打架没有打赢过一次，随便一只狗都能欺负他，不知道什么时候才能活得像个男人样。

"别理他，我们赶紧走。"母亲一听丈夫骂儿子就心烦，她担心这样下去，总有一天，儿子会被丈夫活活气死。

相锐的父亲对他从小就有一种绝对统治的权力，一直都是那么生硬，说一不二，无论旁观者能否接受。

而在学校受着坏孩子欺负，在家受着父亲责骂的相锐只能低头忍受，在心中不断期盼得到父亲的认可。

相锐发动了三轮摩托，在轰鸣声中和母亲出发了。从巷子出来，三轮摩托拐上了公路。过年时，宽阔的道路上车很少，相锐的速度越来越快。

母亲知道他心里有气，大声劝他不要开那么快。她告诉相锐，父亲其实是刀子嘴豆腐心——她当然向着儿子。

母亲倒也不是挑着好听的话安慰相锐，她一直觉得儿子虽然读书不行，但是心地善良，老实肯干，比起那些混社会的人不知要好多少倍。

相锐其实早有计划，他和母亲说准备过完年就出去找工作，证明给父亲看看，自己不是孬种。母亲虽然赞同儿子出去闯闯，但要相锐做好心理准备，毕竟在外不比在家。

相锐从小就梦想有一天能够出人头地，好让父亲对他刮目相看。在学校也曾努力过，但是学习成绩就是搞不上去；离开学校跟着父亲做事，整日被呼来唤去，事情没少做，功劳从来没有。

相锐想，虽然带母亲去买衣服的钱是父亲给的，但那也是自己的劳动换来的，父亲为什么说那只是他的钱？

相锐脑海里忽然翻滚出父亲冲他发火的样子，一下子走神了。

忽然，相锐看到路上有一处水坑，他本能地一打方向，没想到三轮摩托突然不听使唤了，偏离了道路，一头窜向路边。一切都发生得太快了，相锐还来不及反应，三轮摩托就坠进了冰冷的河里。

相锐醒来时，母亲就躺在路边，但任凭他怎么喊都喊不醒。母亲就这样走了。

除了悲伤，年轻的相锐也意识到，自己不但没用，还很蠢，骑个三轮摩托也能骑到河里去。母亲是因他而死。

母亲的葬礼上，相锐哭得死去活来。父亲则变得更加狂躁，恨不得把这个不争气的儿子打死。相锐知道他再也无法在西安待下去了，于是默默收拾了行囊。

二

西宁一直是相锐向往的地方，这里有个发了财的小学同学，以前在学校常常欺负他。但相锐一点也不记仇，心里还有些暗暗崇拜他。

因为父亲的轻视，相锐总是仰望那些比他强大的人。只要强大，无论好坏，都是他所仰望的。

离开西安时，女友小娅到车站送他。小娅也在父亲的作坊做事，相锐喜欢她，她也喜欢相锐。两人曾约定，攒够了钱就去租一个铺子单干，离开父亲的掌控，然后就可以结婚了。

小娅舍不得相锐走，一直拉着他的手到火车站。她一直劝他想开点，母亲落水是个意外，等时间再久点，父亲也会原谅他的。相锐便说，让小娅先委屈一下，等他在西宁混好了，就来接她走。

也许，每个男人都有一个仗剑走天涯的梦，相锐也一样。他觉得不务正业的同学都能混成成功人士，他这么一个任劳任怨的好人，一定能够通过自己的努力实现梦想。

他不知道，潜意识里崇拜霸凌自己的人，才是自己犯罪的根源。

第一次离家的相锐很快意识到，所有的梦想，到现在只剩下一个，那就是活着。

来到西宁半个月了，仅剩的几百块钱已经花光，相锐的工作依然没着落。奔走了一天的相锐挤在川流不息的人群中，漫无目地又走了好几条街，最后精疲力竭，跌坐在路边的花台上。

父亲的责骂不无道理，自己确实是个一无是处的孬种。世界上最关心他的人，已经离开人世了。绝望之中，他忽然想一死了之，去找母亲。

就在这时，相锐看见一个拾荒者来到附近的垃圾桶前，俯身在里面仔细翻找。翻了一阵，找到半瓶饮料，欣喜若狂地扭开瓶盖，仰头喝尽。

相锐想，自己就是饿死也不会去垃圾桶里刨食。

相锐站起身，漫无目的继续走着。这时的他确实已经几天没有吃饭了。突然，他感到脚下像是踩上了棉花，整个身体不受控制地晃悠，远处的灯光下，一个身影像极了母亲。

他正纳闷这是怎么回事，忽然两眼一黑。

等相锐逐渐恢复意识，发现自己身边围着好多人，一个大婶正扶着他喂他喝水。得知相锐是饿晕的，大婶拍着他的肩膀，问他还能不能走路，可以到她店里吃些东西。

相锐当然得挣扎着起身。好在小吃店不远，屋里只有两张小桌子。大婶拿了一个馍，又盛了碗热乎乎的羊肉汤。相锐已经一句话也说不出来了。他咬了一口馍，低下头，眼泪一滴一滴掉进汤里。

相锐想不通，自己年纪轻轻，怎么能惨到饿晕在路边，真是太丢人了。

大婶问相锐吃饱了没，相锐不好意思地说吃饱了。其实，再给他两碗也不够。

对这个仅有一面之缘的大婶，相锐心里充满了好感。他对大婶说了自己骑车把母亲害死的事，说自己成了无家可归的孤儿。他没提自己还有父亲。

大婶听了很同情他，说她认识个饭店老板，如果相锐不怕苦，可以先去饭店打工。相锐当然是满口允诺，也表示自己能吃苦。

可是没想到饭店的工作竟然如此辛苦，手需要长期泡在水里，双手开了血口迟迟不能愈合。相锐累极了的时候常常想，能换个清闲点的工作就好了。

一次偶然的机会，相锐听见一个食客说他们单位在招保安，他赶紧凑过去打听情况。也算是心想事成，相锐顺利跳槽当了一名保安。

保安的工作的确比饭店的工作清闲了许多，但是收入还是一样——很少，仅仅够养活自己。没有混出人样，相锐一直无法兑现当初离开时的诺言，接小娅过来一起生活。

失望懊恼中，他才发现小娅的态度似乎越来越冷淡了。之前，小娅总关心地问他什么时候能回去，什么时候能接她，后来就不说了，甚至在电话那端支支吾吾，心不在焉。

小娅变了，相锐急了。想来想去，他决定回西安找个工作守着小娅。

他收拾行囊，准备回家。这时距离他离开家已经过去了6年。

三

相锐离家门越近，心情越紧张。两手空空的他，害怕面对父亲，害怕父亲还像以前一样打他、骂他。他突然意识到，从孩童到现在，自己对父亲的情感只有"害怕"。

他本想转身离去，但放不下小娅，无论如何一定要见到小娅，问个清楚。正在门口犹豫时，大门开了，开门的正是小娅。此时，倒是小娅惊讶得说不出话来，呆呆地站在原地。

相锐打量着小娅，总觉得哪里不对。小娅胖了很多，穿得也很成熟，还戴着金戒指和项链，和从前完全是两个人了，只有那张脸还是相锐所熟悉的。

小娅开始结结巴巴地问相锐什么时候回来的。

"小娅，你在跟谁说话？"父亲的声音从屋里传来。

看到相锐，父亲也一下愣住了："臭小子，你终于舍得回来了……不过，回来就好，回来就好！"相锐见父亲并没有张嘴就骂，有些意外。

这时，屋里一个小男孩跑了出来，看见有陌生人，赶紧躲到小娅的身后。

进了屋，小娅抱起孩子，没再和相锐说话就出去了。相锐发现，眼前这两个人的关系似乎并不是那么简单。

相锐父亲看出了他的疑虑，喝了一口茶，慢慢说出了一句让相锐差点晕倒的话："你一直不回来，我也没有机会告诉你，我和小娅已经结婚了。刚才她抱着的男孩，是你弟弟。"

相锐的脑袋嗡嗡直响，他怀疑是自己听错了。

半晌，相锐才缓过神来，他气得指着父亲问："你明明知道她是我的女朋友，你怎么可以……"

"胡扯！你们没有结婚，我就有机会。我的老婆被你害死了，就算你还我一个。"父亲强势的性格始终未改。

父亲说，小娅是聪明人，知道跟着自己比跟着相锐强。

相锐做梦都想不到事情会演变成这个样子，他郁闷至极，一分钟都不想再待下去，起身拿起行李就要走。

父亲一把拽过他，劝他留在家里，说在外面也不好混，一家人有事好好商量。父亲用从未有过的语气温和地说："这事你别怪我，你还年轻，找女朋友机会还多。"

相锐很惊讶父亲能说出这番诚恳的话，是不是父亲抢了自己的女朋友，多少有些愧疚了？他想如今木已成舟，孩子都已经满地跑了，自己说什么还有用吗？

从小就畏惧父亲的相锐，见到父亲主动求和，反而被击中了心底最软的地方。这可能就是传说中的父爱，如今来了，怎么推得开？

相锐留了下来，他不仅仅是害怕父亲，内心深处自卑的他，还对父亲有着深深的依恋。

父亲不再动不动责骂相锐了，但相锐并不开心。女友变成继母，多别扭。

相锐很想外出找份工作，无奈他看中的工作总是应聘不上。几个月后，他决定去夜市摆摊，从小买卖做起，也算是一份事业。

他去批发市场批了夜市热销的商品，就摆起了摊。第一天，相锐挣了200多块钱。他开心极了，回家就告诉父亲，夜市那么火，原来真的是可以挣到钱。

当天晚上，父亲也很开心，送给相锐一个手机。说在外面做生意，有个手机方便联系。

相锐记忆中，这是父亲给他的第一份礼物。但他没想到，也是这个礼物让他成了杀人犯。

四

拿着父亲给的手机，相锐爱不释手，这不是一个手机的事，而是父亲终于开始关心自己的儿子了。

第二天晚上，相锐装着父亲给的手机去出摊。这一天，相锐的生意没有前一天好，他一直守着摊，直到夜市快散场。

这时，几个混混来到相锐的摊位前。他们说这条街是他们的地盘，要摆摊可以，得交保护费，一个月500块。看对方人多势众，相锐小声说自己没那么多钱。一群人围着摊子起哄，见他很害怕，就说请大家喝个酒也行。相锐只得答应。

来到夜宵摊，这帮人嘻嘻哈哈地吃喝起来。相锐在那里坐也不是，站也不是，心情糟透了。这时，领头男子说借相锐手机打个电话。没想到，那人打完电话就把手机往自己口袋里一装，说手机可以抵了这个月的保护费，下个月的500块钱必须按时交来。

相锐急得脸红一阵白一阵的，说手机不能扣留，那是他父亲给他的，500块他会想办法凑。

但无论怎么央求，对方只叫他滚。

有人过来劝相锐，说抢手机的人叫李兵。这里没人不认识他，大家都是敢怒不敢言，只能尽快凑钱给他们，破财免灾。

相锐很郁闷，觉得自己这辈子是不是和混混相冲。小时候被欺负，长大了还要被欺负。

相锐到家后，悄悄回到自己的卧室。父亲还没休息，跟过来问相锐为什么这么晚才回来。相锐告诉父亲手机被混混给抢了。

不料，这事一下子激怒了父亲。

父亲站在相锐卧室门口，气得跳脚："就算你当年害死你妈是个意外！可现在，连一部手机也能被人随随便便就讹了去。你不去想办法把手机要回来，居然还回来说没办法，你说我养着你有什么用！你这种男人咋这么窝囊？这真是个天大的笑话！"

父亲的每句话都刺激着相锐。6年以来，他不敢想母亲的事，这次回家父子俩也从未提及过母亲。他明白了，原来之前父亲只是在隐忍，只是没到临界点而已。

父亲骂完他便摔门而出，随即又推门进来，继续骂："我告诉你，如果你还是个男人，就去把手机给我要回来！否则，我没有你这样的儿子，你也别再回来了。看到你我的心里就堵得慌！"

相锐呆呆地站在原地，脑袋里一片空白。

夜深了，相锐在床上辗转反侧。从小到大父亲的那些责骂似乎叠加在了一起。不管做什么都是错的，没按父亲说的做是错，按父亲说的做也不会对。更重要的是，不管怎么样，父亲好像都不会原谅他。

当然，自己也从未反抗过父亲，他其实不需要多做什么，承担什么，只是习惯性地等待父亲的最终训斥就好了。

而今手机是父亲送给他的，相锐也无比珍惜，可为什么偏偏遇到了这样的事？难道真的像父亲所说，自己就是个窝囊废？女朋友说变心就变心，工作找不到，摆地摊还被欺负……

不行，我一定要把手机要回来。看看这些混混，他们为什么这么霸道？这个世界，就是比谁狠、比谁恶，你越是怂就越是要被欺负。相锐越想越生气。

他起身去厨房找了把平日里用来切菜的刀，就跟匕首一样。他又担心不够锋利，找出磨刀石来使劲磨了磨。

他抱着刀躺到床上，睁眼等天亮。

天一亮，相锐就把刀装进衣袋，早餐都没吃就出门了。他来到李兵经常出现的街上，来来回回不知道走了多少遍，想着怎么能把手机要回来。

中午时分，李兵终于出现了。相锐立刻跑上去可怜兮兮地求他还手机，说手机是父亲给的。

李兵看了看他，说手机不在他身上。相锐急了，求李兵给同伙打个电话，把手机先还他，等有钱了一定给他们交保护费。

李兵不耐烦地把相锐带到一个公用电话亭，拨了一串号码，把听筒放到耳边说："喂，那小子说先把手机还给他，钱先欠着。什么？不行啊，给钱才能还手机？好的，我知道了，没钱手机是不会给他的。"

相锐伸手去抢电话，李兵一把推开他，挂了电话就扬长而去。

相锐紧跑几步跟上他，继续哀求。李兵突然停下脚步，指着相锐说："你听不懂人话吗？交钱拿手机，没钱滚蛋！再跟着我，小心我对你不客气！瞧你那怂样！滚！"

看着李兵渐渐远去的背影，相锐急得想哭。忽然，他想起衣袋里还装着那把被他磨得锋利无比的刀，他猛地掏出刀来，刀刃在阳光下闪过一道刺眼的光。

"不行，我必须找回我的尊严！否则我没法跟父亲交代！这个世界，狠的怕恶的，恶的怕不要命的。我今天就让你见识一下！"

相锐心想着这些话，身上的每个细胞似乎都像是被什么东西给激活了，他握刀的手开始颤抖。他瞪着血红的双眼，脚底生风，一路追上去。

"我叫你不还我手机！"相锐追上李兵，喊出话的同时，手中的刀也刺了过去。李兵听到喊声，刚一转身就被相锐的刀给刺中了。

李兵倒在了地上，腹部的血喷射出来。相锐的那一刀，不偏不倚，正好刺穿了李兵的腹部主动脉。看到眼前的景象，相锐吓坏了。

意识到自己闯了天大的祸，相锐扔下刀就跑了。派出所就在不远处，大家赶紧报警。当班的刘华警官第一时间赶到了案发现场。

李兵用尽最后的力气说："刘叔，救救我，我还不想死……"

案情并不复杂。很快，刘华警官就开始了对相锐的追捕行动。但谁都没想到，这一追就是 4 年。

五

我是在送李鸿回重庆不久后接到相锐的电话的。打通我的电话后，相锐第一句话就说："姐，我想自首，你能帮帮我吗？"

他没有称呼我"记者"，而是叫了声"姐"。不知为啥，我心里"咯噔"了一下。

"你是什么情况，可以和我说说吗？"我的语气不自觉地柔和了许多。

从相锐的讲述中，我才知道，早在我写劝王会投案自首的报道时，相锐就已开始关注我们的报纸。后来他又看到李鸿投案自首的系列，便把王会、李鸿的相关报道收集起来，每篇都读好几遍。

那段时间，相锐就萌发了投案自首的念头。但他前前后后打了五六次电话到报社，希望要到我的电话号码，都没能成功。热线一直对他说有规定，记者的电话号码不能随意提供——报社此规定是出于对调查记者的保护。

相锐没办法，只好试着打给老家的一家媒体。没想到，对方却说自首很简单，自己到当地公安机关去说明情况就行了，并没有过多搭理他。

"我觉得自首不是一件容易的事，首先是自己害怕；其次，如果自己一个人去了，公安发现你是杀人犯，哪有什么好商量的，第一反应肯定就是抓人。我思来想去一定要联系到你，我只能信任你。今天我又打你们热线要你的电话，她们开始还是不给，我实在没办法只好说我也是杀人犯，要找你自首，她们终于肯把电话号码给我了。"相锐说。

我算了一下，从他看到王会的报道，动了自首的念头，到他打电话联系上我，已经过去了两年多。我想，如果他第一次就联系上我了，就不会白白耽误这两年多的时间。

我当时就决定，打完这个电话后，立即和报社热线说，今后只要有读者需要我的电话号码，都不保密了，立刻提供。

相锐一口气在电话里说了很多，包括他杀人的经过，还一边不停地忏悔。我能感觉出来他真的很信任我，就像他喊的那一声"姐"，语气自然而真诚。

40分钟后，他也恳求我先不要报警，他希望我能够像陪前面两个逃犯一样陪他去自首。

我想尽快见到他，就问他在哪里。相锐说他就在昆明。但他明天早上有点事情要去办，办完了他就和我联系。人与人的感觉很奇妙，虽然只是一通电话，但我很相信相锐，也非常平静地和他约定，明天等他的电话，陪他一起去自首。

挂断电话后，我仔细看了来电显示的号码，他用的这个公用电话，应该就在昆明的东城区。我们离得并不远。

　　经历了与王会和李鸿的两次"约会"，我虽然已经变得胆子大了。但我也不是一个心里能装事的人，这一晚我还是没睡踏实。为了将事情做到万无一失，还是得有起码的预判和周密的计划。即便对方是一念之差犯罪，也必须得有大悔大悟的觉醒，否则谁能心甘情愿，终其一生去赎罪？

六

　　我一整夜迷迷糊糊，始终在思考如何与相锐见面，如何顺利地帮助他投案自首。

　　第二天天不亮我就起床了，我反复检查手机信号是否正常，手机电量是否充足。上午9点30分，电话响了，一看是公用电话，我就知道是相锐打来的：

　　"姐，我的事情办完了，你在哪里？我去找你。"

　　"我一直在家，今天等你，就没去报社。我家在北市区。"

　　"北市区啊，有点远。"

　　"远吗？如果你不方便的话，我去找你？"

　　"方便，只是你要多等我一下。不然我请你吃中午饭？你找一个地方。"

　　"还是我请你吧，既然你叫我一声姐，姐请你吃饭。你觉得我们去哪里合适？"

"你定吧，我现在就往北市区赶，一会儿我再给你打电话。我先挂了。"

我们像老朋友"约饭"一样，交代完才挂断电话。相锐不像王会和李鸿，打个电话要换好几个地方。电话打通后，他把要说的事情全部说完才挂机。由此可见，他是真的信任我。

吃饭的地点我定在北市区万华路的一家餐馆。如果顺利的话，我应该可以将他送到就近的五华区公安分局刑侦大队自首。

安排妥当后，我把事情告诉了报社的摄影记者和央视《讲述》栏目的何老师。何老师开玩笑说："又有杀人犯找你？你的生意这么好！"

这虽是一句玩笑话，但我内心也很自豪：这不仅有媒体的公信力，也有我个人的努力。

我们提前来到了餐馆，点好菜，接下来要做的只有等待。

12点01分，手机响了。相锐在电话里说："姐，我到了，现在能看到你说的那家餐馆。"

"好的，我下楼去接你。"我拿着手机赶紧下了楼。

可当我站在餐馆门前的路边向两头张望时，并没看见哪个人有可能会是他。电话已经被他挂断，他是不是找了个隐蔽的地方观察动静？

我一直站在门口，20 多分钟后，我看到路的南边有一个穿绿色 T 恤的小伙子朝这个方向走来。这条街的行人不多，绿色 T 恤很显眼。

小伙子越走越近，我发现他正盯着我看，步伐不紧不慢。直到我们相距大约 5 米的距离时，他停下了脚步，笑着说："你一定就是汤姐了，报纸上有你的照片。"

他就是相锐。个子不高，很年轻，面相略显稚嫩，可能因为发愁的事太多，即便他对着我笑时，眉头都是皱着的。

我也笑着说："见到你很高兴。楼上还有两个人，一个是我的同事，另一个是央视的何老师。你不介意吧？"

相锐依然面带微笑，说："不介意，我相信你。你们都是来帮助我的，我要好好谢谢你们才是。"

他跟着我进了饭馆。上楼的时候，我走前面，他走后面，我不时回头和他说话，发现他还是很紧张。二楼拐角第一间就是我们的包房，我站在门口让相锐先进。

他犹豫了一下才上完最后两级楼梯，有些忐忑地顺着我手指的方向看去，看着我的同事和何老师，又看了看餐边柜上放着的照相机和摄像机，才慢慢走进去。

我安排他坐下后，何老师问他："你刚才进来的时候是不是很担心我是警察？"

刚坐下的相锐立即起身说："没……没有，汤姐在楼下介绍了，您就是何老师吧？"

"你坐下说，别那么拘谨。听说你愿意投案自首，我们都很支持你。我们就边吃边聊吧。"何老师说。

　　我问相锐喝酒吗，相锐赶紧说："谢谢，姐，我不喝酒。这么一桌子菜，让你破费了。"

　　相锐很懂礼貌，如果不了解他的背景，一定以为他有很好的家教。而他给我讲自己的经历时，我有些心酸，主动给他夹了些菜。看着他不好意思吃的样子，心想若不是当初的冲动，如今他可能会是一个小老板，或是某个公司的"三好员工"。

　　"姐，我想知道王会和李鸿最后定的什么罪？判了多少年？"相锐的心思不在吃饭上。

　　我告诉他，王会和李鸿都是故意杀人罪。但由于是主动投案自首，法院已经从轻量刑，都被判了15年。相锐一听，着急地说："我和他们不一样，我不是故意杀人，请你相信我。我是被他敲诈，气不过才去找他的。我就想教训教训他，往他屁股上捅了一刀，没想到把他给捅死了。"

　　"我逃出来后一直在想他的母亲，我觉得最对不住的就是他的母亲。我真的不是故意要杀死她的儿子，如果我也是被判15年，我出狱后，要是他的母亲不嫌弃我，我愿意去给她当儿子……"相锐说着说着就哭了。

　　那种失去至亲的痛，相锐比谁体会得都深，他的母亲就是因他而死。

　　相锐先后去了兰州、宝鸡、成都、玉溪、昆明。虽然这些城市都很美丽，但相锐眼里没有风景，只有生存。他能去的地方只有黑砖厂、建筑工地，能干的只有捡垃圾。有钱的时候，只敢住城中村里不需要身份证登记的小旅店，没钱的时候只能住桥洞。

逃亡途中，相锐还曾和一个临沧姑娘谈了半年恋爱，因害怕连累对方，只好找个借口分手。姑娘走的时候，相锐把打工攒的 2500 元钱全都给了她，希望姑娘能原谅自己。

说完这一切，相锐内心也坦然了，他对我万分真诚地说："4 年来，这是我吃得最好、最安心的一顿饭。姐，谢谢你。"

午饭结束后，我开车把相锐送到了五华区公安分局刑侦大队。因事先联系过，民警们都在等着。做完笔录，我又特意去看了相锐。戴着手铐的相锐显得非常紧张，他一见我就说："姐，我好害怕。是不是过几天西安的警察会来接我？你会送我回西安的，是不是？"

我安慰他说："别怕，你能走出这一步，证明你很勇敢。你放心，我说过会送你回去，绝不食言。"

刘警官就是从西安来接相锐的。一见面我就觉得他有股正气。一问才知道刘警官果然曾是军人，还在全军千名"班长大比武"中获得过第一名。

说起相锐，刘警官几次大声叹气；说起死者和他母亲，又是不断地叹息。

死者李兵刘警官也认识，李兵来自一个单亲家庭，他是随母亲从外地来西安的，从小混社会，经常因一些小打小闹的事进派出所。李兵被杀那天，刘警官打电话给他母亲，对方听说没有抓到犯罪嫌疑人，连遗体也不认领，说让警方自行处置。最后，李兵的遗体捐给了医学院。

按照原计划，相锐将于第二天晚上押解回西安。第二

在昆明火车站候车，从右至左是刘警官、阿强、汤布莱、相锐

天我接到刘警官的电话说，他在昆明突然有点事，要耽误
一天。

　　原来，刘警官忽然发现还有一名在逃人员在昆明留下了
痕迹，他果断出击，顺利将其抓捕归案。

　　这个叫阿强的"90后"，专门晚上与同伙在西安打劫
夜场"小姐"，其他同伙早已归案，就他成"漏网之鱼"。

　　刘警官没想到，这条"漏网之鱼"却因相锐自首被带了
个顺道。一切都有说不清的机缘巧合。

　　再见到相锐的时候，他显得很开心。他说我果然是值得
信任的人，有我陪他，他也就不害怕了。

　　傍晚时分，我陪同戴着手铐的相锐和阿强，登上了前往
西安的列车。阿强是个"90后"，长相帅气，一脸"无知
者无畏"的表情。这孩子若不是误入歧途，应该还在上大
学。做错事是要付出代价的，他早晚会明白这个道理。

　　相锐说："现在想起来，一切像是做梦一样。回去就要
见到我父亲了，不知道他又要怎么说我。"

　　列车从昆明到西安需要 36 个小时，我本来想在火车上
好好采访，但刘华警官和相锐的聊天，听起来更像是一场跨
越了 4 年的追逃对话：

　　"相锐，你告诉我，这几年都是怎么跑的？这不是审
讯，咱们就随便这么唠唠。"

　　"最先我是逃到了西宁，到了以后我觉得那里最不安
全，因为谁都知道我案发前在那当过几年保安。于是，我

立即跑到了兰州。"

"你真'聪明'。要是你没走，我肯定就抓到你了。当时你给你的朋友打过电话，我得到线索后，马上联系到你的朋友，并追到了兰州。"

"我到兰州后，觉得那里也不安全。毕竟兰州离西安太近，万一兰州的警方接到通缉我的信息，肯定会协助西安警方抓捕我。于是，我短暂停留之后就往成都去了。"

"你到成都之后，是不是在火车站附近的一个公用电话亭打过一个想自首的电话？然后，可能是投案自首的决心不坚定，打完电话就跑了。我接到消息后，立即赶到成都，可惜，我只找到了那个你打过的公用电话。"

"实际上，成都真的是个好地方。但是成都的管理很严，没有身份证非常危险。我看到警察抽查路人身份证，所以赶紧另谋出路。"

"你是怎么判断哪里安全，哪里不安全的？你知不知道我在追你？"

"我知道警察在找我，心里非常害怕。我每去一个地方之前，首先是买地图来研究。还有就是关注当地新闻报道，掌握时政信息和公安信息。觉得可以去了才动身，我研究过很多逃犯的成功逃亡经验，还不断训练自身的心理素质。我必须做到处惊不乱，才不容易引起警察的注意。"

"那你逃亡的时候靠什么生存？怎么吃饭？住什么地方？"

"逃亡的 4 年多里，我从未干过违法的事。我已经错了一次，不能再错第二次，否则我这辈子真的没希望了。我靠打零工挣钱，有钱的时候就下饭馆吃个饭，没钱的时候去捡饭店的剩饭吃；有钱的时候就住个城中村的小旅社，没钱的时候只有住桥洞、睡建筑管道。在找工作的过程中，我发现有很多待遇比较好的工作，但是用工单位都要登记身份证，还得用身份证办银行工资卡。因为我没有身份证，只能悄悄离开。"

"相锐，你有没有想过，你不归案，这一辈子都有警察在找你？"

"这就是我最害怕的事。云南的报纸每个月都要刊登一期通缉犯的信息，每次张贴出来后，我都很想知道那上面有没有我。但是，我白天不敢去看，只敢晚上去。我戴个大帽子，压得低低的，生怕被别人认出来。当我看了那上面没有我时，也不放心，因为这是一期期刊登，这一期没有我，说不定下一期就有我了。所以，我非常害怕。"

"既然你那么害怕，为什么不投案自首？你也曾多次打电话给警方说要自首，为什么后来都改变了主意？"

"我是打过几次电话想自首的，觉得对不起死者，得给他一个交代。可是，打完了自首电话，我又没有勇气了。主要就是害怕被枪毙。我不想死，我只祈盼着能给我一个改过自新的机会，让我重新做人。还有一点，就是我曾经找过一个女朋友，一方面舍不得她，另一方面很担心我身份暴露后伤她心，没有勇气当着她的面去自首。和她分手后，感觉逃亡的日子更没希望了。"

"那这一次你为什么能鼓起勇气投案自首？"

"主要是看到汤记者帮两个逃犯投案自首，我希望也能得到汤记者的帮助。但是，我打过很多次电话到报社热线，接线员只问我有什么事，就是不给我汤记者的电话号码。我又不敢告诉她我的具体情况，怕她报警抓我。因为我曾经看过一篇报道，说有一个记者答应单独和犯罪嫌疑人见面，当犯罪嫌疑人去赴约时，立刻被埋伏的警察给抓了。所以，我一定要找一个靠得住的人。"

"那你怎么能肯定汤记者靠得住？"

"我看过汤记者之前的报道，然后这样判断的：如果说第一个是偶然的话，第二个就不会这样了。后来，我又看到央视《讲述》的节目。我觉得汤记者在节目里讲的话很贴心，她能理解我们这种逃亡在外的人的苦衷。我能感觉到她对那两个人的帮助是很真诚的。所以，我觉得她靠得住。"

"你和汤记者见面时，心里真的很坦然，没什么顾虑吗？"

"坦然是坦然，但顾虑还是有的。那天，她一个人站在路边等我，看到我的时候，远远地向我招手。我往四周看了看，发现风平浪静，没情况。但是，跟着她上楼的时候，我又开始害怕了，脚步越走越慢。进饭店包房时，我看见了央视的何老师和另外两名男记者（一名摄影和一名司机），我心里顿时非常紧张，心想他们是不是来抓我的便衣？结果，我的顾虑是多余的，他们很热情，不但没有把我当罪犯，还像朋友一样开导我、鼓励我，我很感动。那天那顿饭，是我逃亡 4 年多来，吃得最好、最安心的一顿饭。"

"相锐啊，你跑了 4 年多，你看看现在的西安变化多大。大明宫旧址修好了，房价都飙到 1 万多了。要是你不犯事，以你的聪明劲儿，早就当老板了。"

"是啊，逃亡的日子一点儿不好过。昆明后来搞拆迁，把城中村一个个都拆完了，拆得我无处藏身了。我知道逃亡是没有希望的，只有投案自首，才是我的唯一出路。"

"我告诉你，你跑了以后，凡是你到过的地方，我都去过，只是每次都是你前脚走，我后脚到，总是慢你半拍。我知道你逃得艰难，但我也追得辛苦。不过，如果你不归案，不管多辛苦我都不会停下对你的追捕。2007 年 9 月，我除了知道你给西安 110 打过想投案自首的电话，还得到了可靠线索。我根据得到的线索两次追到昆明，但都没有找到你。因为获得的线索很明确，我知道你就在昆明的某个角落躲藏着。为了坚定你投案自首的决心，我在云南的几家报纸上都刊登了《相锐，西安警方请你投案自首》的启事。我曾抱着希望等你来自首，可不久后，你竟然彻底消失了。你当时跑哪里去了？"

"我一直在昆明，但我没有看到你的启事。那段时间，我被一个 40 多岁的男人骗了。当时他请我吃饭，对我挺好，他知道我的事后让我千万别去自首，说帮我找个安全的工作。我相信了他，结果我被骗到了黑砖厂。那简直就不是人待的，他们有专门的打手，凡是偷懒、逃跑的人，都要被毒打。我亲眼看见他们抓回来了一个逃跑的人，活活把那个人的腿给打断了。结果就是，我干了半年才得以逃脱。"

"现在你投案自首了，可以说了却了我的一大心病。但我想问你后悔吗？"

"不后悔。我感觉卸下了心头的包袱，走路都精神了，我最大的愿望就是今后能堂堂正正地回归社会。"

一旁的阿强听完相锐和刘警官的对话，很鄙视地对相锐说："你居然杀过人，太坏！"

相锐闻言立刻回击阿强："我不知道事情会发展成这样，纯属意外。再说了，我只是不小心杀了个人，不像你们是密谋作案，你骨子里才是个坏人！"

阿强也不甘示弱地说："我们打劫的是'小姐'，都不是好人，而且我们'劫财不劫色'。我们这样做，从某种程度上说是为社会除害，这些你不懂。你动不动就杀人，太残暴了。"

在火车上采访相锐时，我的摄影同事和央视的何老师会不断地摄影、摄像。阿强一见摄影、摄像，就趴在小餐桌上把脑袋埋在双臂间，直到停止才敢抬起头来。相锐也奚落阿强说："你看看，有本事做，没本事承当，你这么害怕被观众看到，说明你心虚。说到底，你就是坏，而且你自己也知道自己坏，为啥就是不肯承认呢？"

阿强也不示弱："你以为上了报纸和电视就成'明星'了？我呸！你罪大恶极，反面教材。"

相锐一听，不乐意了，说自己就算是反面教材又能怎

送相锐回西安的火车上

送相锐回西安下火车时，我接到了当地公安机关送我的鲜花

样？他就很佩服王会和李鸿，他们能逃那么长时间，能自首也很勇敢。"我哪怕做个反面教材，也是做了件好事。哪像你，以为自己很聪明，连科技定位都不知道，还敢去聊QQ，是不是网恋呀？哈哈，被抓的时候一定很狼狈吧？"

"滚！老子不屑和你这个杀人犯理论！"很显然，阿强说不过相锐，于是在恼羞成怒中结束了争吵。这次随车采访，因为多了个阿强，也多了一些特别之处。

6月10日凌晨，列车缓缓驶入西安站。虽然是凌晨，西安的各大媒体还是纷纷来到火车站准备采访。在众目睽睽之下，相锐戴着沉重的镣铐下了火车。

看到整个站台上全是警察，相锐戴着手铐的双手不自觉地颤抖起来，他悄声对我说，他好害怕。

我鼓励他说，勇敢些，记住自己是主动回来自首的。

就在双脚踏上故土的瞬间，他突然失声痛哭："我终于可以回家了，感谢大家对我的帮助和接纳。我一定认罪伏法，希望法院能宽大处理，给我一个重新做人的机会。"

"相锐，想明白了，回来了就好。"一位警察说。

"感谢汤记者给我的帮助，我对不起受害者，我认罪伏法，希望政府宽大处理……"相锐哭着忏悔道。

让我意外的是，当地公安局给我准备了鲜花。一位警察非常真诚地说："是记者的感召，让逃亡4年的相锐能够真心悔过，投案自首。相锐的投案自首是一个很好的开端，给了死者一个交代，也给了公众一个交代。感谢媒体给相锐提供的这个机会。"

　　媒体的短暂采访结束了，相锐将被带上警车时，他忽然喊道："警官，我还有个要求！"

七

　　在场的人都愣住了，不知道他要提什么要求。泪流满面的相锐看着我，说："姐，你可以抱抱我吗？"

　　我忽然心里一酸，走过去便拥抱了他。我知道，从进站看到站台上这么多身着制服的警察开始，他内心就恐惧了起来。他想到李兵、想到坐牢，内心必定也是恐惧的；他想到父亲，内心必然也是恐惧的。再加上他发现我这个"靠得住"的记者也不可能再陪他一程了，才用尽最后的力气喊出了这个要求。

　　我在他耳边说："你好好配合警察的工作，好好改造，很快就会重新获得自由的。"

　　相锐哭着说："我知道，姐，你放心……"我鼓励他说："勇敢些，记住你是主动回来自首的。该走的程序你必须面对，你现在的态度决定着将来法官对你审判的态度。"

　　由于相锐交代的案发经过与办案民警的调查结果一致，"4·12"案件很快形成材料。第二天上午9点，相锐被带往案发地指认现场。

　　4年的时间不短也不长，当相锐来到熟悉的街角时，当年的情景顿时浮现眼前，他又一次哭了，他说他的本意不是杀人，好后悔当时的冲动。

办案民警介绍，虽然手机不值钱，仅仅299元，但那是父亲送给相锐的，这才激怒了相锐，导致惨案发生。死者生前是派出所的"常客"，属于"大事不犯，小事不断"的小混混。死后，其母亲都不愿意为其收尸，签字将尸体交由警方处理。

经过警方的特批，相锐也获许和父亲见面。对父亲，相锐既想见又怕见，他可能一辈子也走不出父亲这个阴影。

相锐没想到，分开仅4年多，53岁的父亲头发全部花白了。相锐哭着跪倒在父亲跟前，一直说自己错了，对不起。

"刚才警察把你带回来的1700块钱拿给我了。傻儿子，你在外边过得那么艰难，还省这些钱给我干吗？那天的事全怪我，手机不值钱，我为什么要逼着你去要回来呀？我也是混蛋！"这个对儿子非打即骂的父亲也当场失控，哭了起来。

时间紧迫，相锐的父亲眼泪还未干，就赶忙叮嘱儿子："儿子啊，你能好好地回来，一定要感谢媒体、感谢公安、感谢政府、感谢社会对你的关心。是他们的关心把你好好地带回了家，咱们爷俩才能那么快见面，人家为你付出那么多你一定要记住。你要好好交代你的问题，争取得到宽大处理。"

相锐被带走后，他的父亲对我说，相锐是个乖娃。他是一时糊涂才犯了这样的错。逃跑这4年，做父亲的心里急得很，但是没有办法，不知道上哪里找得到他。现在好了，想

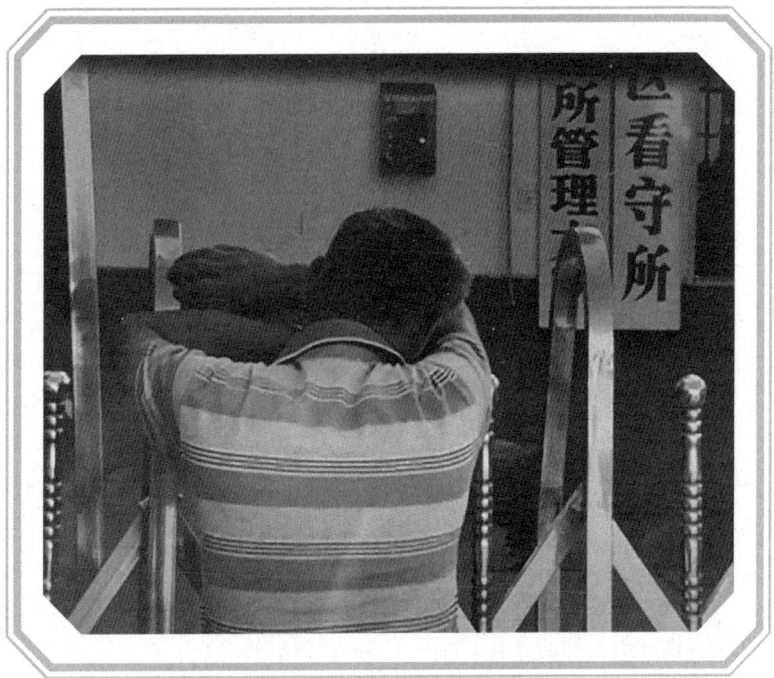

相锐的父亲哭得很伤心

儿子的时候，至少知道他在什么地方待着，安心。

我忍不住问相锐的父亲："相锐跟我说，他希望你能过得好。你现在过得好吗？老婆和孩子都好吧？"

相锐的父亲听后面露尴尬，他意识到相锐可能把那些家里的"秘密"告诉了我。他长长地叹了口气才说："有些事别提了，她已经跑了几年了，我现在自己一个人带着孩子过。我这把年纪了，什么都不想了，就指望相锐能好好地坐完这几年牢，回家和我一起好好过日子。"

我真不知道，这个快到耳顺之年的父亲，能否真的懂得父亲的威严绝不是用强权打压、暴力训斥来建立的。是否能意识到，儿子的每一步，都笼罩在他这个老爹的阴影下。

我也真不知道，出狱后的儿子是否就能不怕这个父亲了？还是会更加愧疚、更加害怕？被打被骂，相锐从未说什么，甚至被父亲抢了女友，他也没有任何反抗，只求父亲的一句安慰。他能真正意识到如何与父亲平等而有尊严地相处吗？

但我已经知道，每个孩子天生都是一张白纸，你对他暴力，他心底留下的就是暴力的种子。你对他包容，他心底留下的就是友善的种子。他的样子，就是你在世界上留下的一面镜子。

相锐后来果然也被判了 15 年的有期徒刑。死者的母亲得知相锐投案自首后，对相锐重新提请了民事诉讼，要求民事赔偿 12 万元。入狱后，相锐一有机会就会给我打电话，还是亲切地叫我姐姐，让我采访时要注意安全，还会叮嘱我不要老熬夜。

2021年春节，我接到相锐的电话，得知他的父亲去年已病逝。弟弟有点智障，被送到社区养老院了。相锐在电话中很难过地说，父亲终究没能等到父子可以一起好好生活的那天。听得出，相锐是爱父亲的，甚至有些崇拜父亲。他可能从未意识到，父亲早已掌控了他的精神世界。

日本作家伊坂幸太郎说过："一想到为人父母居然不用经过考试，就觉得真是太可怕了。"

为人父母没有捷径，也没有绝对正确的样本可遵循。别让自己的嘴巴成为一把刺向孩子的锋利的刀，别让自己的拳头成为挥向孩子的身体的刀，也不能让自己的语言成为伤害孩子心灵的恶魔。

第五章

大网无形

我相继把王会、李鸿、相锐带进公安局自首的报道，引起了社会各界的关注，还有专家在网上写文章分析为什么逃犯愿意找我去自首。

说实话，我也不知道为什么。但记者这个职业，不是你喜欢就去采访，不喜欢就能拒绝的。没有社会责任感，成不了好记者。劝逃犯自首可以减轻公安追逃任务，也能消除社会治安隐患，冒点风险也是值得的。

而且通过和这 3 个人的相处，我也总结了一些劝逃犯自首的经验。我心里还想，如果再遇到这类情况，我肯定会表现得更加从容自信。

但真实的情况并不是这样的。2011 年 9 月 17 日星期六晚上 10 点 33 分，我再次接到一个陌生男人的电话。对方在电话里说，看了相锐的报道后想见我，因为他也是在逃犯，也想自首。

这是第 4 个提出要与我见面的在逃嫌疑人。我自以为已经有了应对犯罪嫌疑人的一些经验，心理素质也应该提高了许多，于是很从容地回答他，可以见面，何时见？想在哪里见面？

他问我可不可以今晚就见，他就在昆明东郊的大板桥。

我说，好的。然后又问他犯了什么事。

他说："强奸。"

这两个字瞬间让我很不舒服。他到底是什么样的人，我是个女人，我无法想象他的犯罪动机。

之前约我见面的 3 个人都是因为意外杀人后亡命天涯，他们约我见面也都是在白天。现在这个自称犯强奸罪在逃的男人，却在深夜约我到昆明的城郊见面，这也太可怕了。哪怕我有再强的社会责任感，也没有勇气立刻答应他的要求。

我当即婉拒道："现在太晚了，要不我们明天上午见吧。"

没想到，他态度坚决地说："不行！明天我就改变主意了。你知道我鼓足了多大的勇气才给你打这个电话的吗？如果你现在不来见我，可就错过机会了。"

我没有妥协，而是明确告诉他，他的话说反了，这个机会是我给他的才对。既然给我打了这个电话，说明他信任我。既然信任我，就得听我说几句。现在全国各地的公安部门都在加紧侦破陈年旧案，并加大了追逃力度，"清网行动"已经深入到每一个角落，他很难再藏匿下去。而且被抓和主动投案自首，在量刑上肯定是不一样的。

我还给他分析了相锐的经历，相锐两年前就萌生了投案自首的念头，只因没有和我联系上，他一直没有勇气走进公安局。我得知后，很替他遗憾，如果没有耽误那两年，他可以早点儿服刑、出狱、回归社会。如果他也和相锐一样，是因为缺乏勇气而不敢面对，那我愿意帮他，错过机会的不是我，是他。

尽管我心里厌恶"强奸"这个行为，但我还是尽可能安抚他，稳定其思想和情绪，同时鼓励他不要害怕。犯了罪，必然受到法律制裁，这是迟早的事。早点想明白了，早一天赎罪，早一天重新做人。此刻，我既不想深夜去赴他的约，又不能把他"弄丢"。我一口气说了一大堆话，我想抢在他挂电话前多说一些，如果沟通得好，第二天我们是可以见面的。

他耐心地听完我的话，说这些道理他都懂。他逃亡的这些年，有太多个夜晚失眠难熬，也受够了东躲西藏的日子。而且有好几次他心想着，等天亮了，就去公安机关投案自首。可等天亮了，看到明亮的天空、车水马龙的街道、熙熙攘攘的人群，就开始害怕漆黑的监牢。因为贪恋眼前的自由，就不敢去自首了。

天下也没有后悔药。事情已经发生了，现在怕也没有用。我告诉他，如果一直逃避，不敢主动面对，一旦被警察抓到，就更加被动了。我说："你知道的，在你之前我接触了3名在逃人员，他们逃亡时都有相同的感受，那就是整天担惊受怕，时刻如惊弓之鸟。他们投案自首后都说自己前所未有地轻松，睡觉心里也踏实了。最关键的是可以好好地计划将来了。出狱之后，可以回归社会，好好做人。"

男子听完，坦诚地说自己的内心实在是太脆弱了，真的不知道何时能彻底改变主意。他向我保证，我们见面之后，我带他去哪都跟我走。

我想了想，还是决定去见他。但也提了要求，我会带着同事一起去。他犹豫了一下说，带同事来没问题，只要保证他们不提前报警就行。

于是，我又临时通知了报社的摄影记者老炳和央视的何老师。因为何老师跟我说过，只要有想要投案自首的人打电话来，就一定要通知他。通过这几次的经历，我们仨完全可以组成一个"劝自首团队"了。

这一晚夜黑风高，在昆明东郊一条昏暗的公路边，我停下车等电话。

他应该看到了我们的车，电话很快就打过来了，表示让我们下车到路边的烧烤摊等他。

按照他的指示，我们坐到一个烧烤摊前。我点了一些烧烤和啤酒，等他来了，我们可以边吃边聊。等烧烤上来的时候，我开了两瓶啤酒，给每人斟一杯，我们仨端起酒杯，齐说："祝顺利！"

"我敢肯定，他一定在某个角落看着我们，确定没有警察他才会出现。"何老师说。

"所以，我们该吃吃、该喝喝，我们的氛围轻松自然，他看着没问题了，自然就来了。来，把酒满上，咱们再干一杯！"老炳说。

果然，第二杯酒后，男人出现了。他礼貌问道："请问，是汤记者吗？"

眼前是一个身穿白衬衣，外搭休闲西服，长相清秀，身材匀称的小伙子。上天真是很会开玩笑。此人在我接触的几个逃犯中，是年龄最小，长相最帅的一个。我请他坐下，拿起桌上提前给他准备好的杯子，斟满了啤酒递给他，他接过杯子，一饮而尽。

他叫徐勇（化名）。说话的时候，他一直目光低垂，看着手中的酒杯。昏暗的灯光下，他面部轮廓线条分明，有着高挺的鼻梁和一双长着长长睫毛的眼睛。他一开口就直奔主题，讲述了他犯罪的过程。原来他不仅是强奸，而是和另外3个朋友一起轮奸了两名女学生。

那天晚上，徐勇和几个朋友闲来无聊，就相约去外面逛逛。在街上，他们遇到两个闲逛的女孩子，一时兴起就上去搭讪。两个女孩子许是也很无聊，见有人搭讪，并没有介意。聊了几句他们就相约去 KTV 唱歌。唱歌的时候氛围很好，大家不知不觉喝了很多酒。夜深了，徐勇他们和两个女孩意犹未尽，接着又去了夜市吃宵夜。吃宵夜的时候，他们继续喝酒。次日凌晨，所有人都喝多了，就去附近的宾馆开了个房间，六个人同住一室。接着，在夜里便发生了不可描述的事情。第二天醒来，徐勇见所有人衣衫不整，终于意识到发生了什么事。徐勇说，他很后悔，可事情已经发生，后悔已经来不及了。之后，徐勇他们把两个女生丢在宾馆，仓皇逃跑。

更让我意外的是，徐勇已婚，夫妻恩爱，家庭和睦，并且有一个 3 岁的儿子。就因为那天晚上发生的事，他把自己拥有的所有美好都毁了。案发后，他不敢面对现实，更不敢面对家人，所以选择了逃亡，这一逃就是 3 年半。

深深的自责和羞愧全都写在他俊秀的脸上。徐勇告诉我，前几天是他母亲 54 岁的生日。那天，他忍不住给母亲打了个电话。母亲在电话里泣不成声，劝他投案自首；妻子也说只要他改过自新，可以不计前嫌等着他。

"我想，要是我现在去投案自首。不管判多少年，我出来以后还能有堂堂正正做人的那一天，还能在父母跟前尽孝。要是我再这样下去，我父母死了都不会让我知道。"徐勇的眼泪，先是挂在鼻尖，然后滴落在啤酒杯里。

他继续说，现在放在自己面前的就两条路：要么死，要么自首。可自己犯的罪实在是太丢人了，宁愿死也没有勇气面对法律和亲人的审判。

"你教教我，我还有什么路可以走？我愧对我的父母，愧对我老婆，更愧对我的儿子。今年我儿子 7 岁了，估计已经上小学了。我逃走的时候，他才 3 岁多。我不敢想象，将来儿子会怎样看他的父亲。"

我想了想，鼓励他道："其实你是一个很幸运的人，虽然犯了罪，可你的父母、妻子都能原谅你、包容你。我觉得，你没有理由不好好珍惜这份难能可贵的亲情。现在你投案自首，认罪伏法，几年之后你还有重新做人，与家人团聚的机会。你的家人，孩子，都在等着你，他们在电话里也表明了仍然可以接纳你。就算为了家人，你也应当勇敢地去面对。"

我们坐在街边，一直聊到凌晨 1 点多。他终于答应跟我去投案自首了。可大周末的，还是凌晨，带他去哪里自首呢？

想来想去，我给五华分局刑侦队的张戟队长打电话说了这事。这个时候肯定是打扰到他休息了，我向张队长表达了歉意。张队长一听，说不必抱歉，人民警察任何时候都在待命，无论我们什么时间去，他都会等着我们。

凌晨 2 点多钟，我们送徐勇去刑侦队的时候，张队长已经在门口等待了。见到徐勇，他也忍不住脱口而出："小伙子长得这么帅！真不明白你当时怎么想的。唉……酒这个东西，喝多了害人。有句话怎么说来着？出来混，该还的迟早要还。也算你想得明白，人生这一篇，你迟早得翻过去才能重新开始。"

徐勇的家就在隔壁市，这一次我没有去送他。那天晚上，在我送完同事，独自驾车回家的路上，耳旁一直回响着张队的话。是啊，人生如棋，落子无悔，走错路就没有后悔药。所以，人生的每一步都要走好，尤其要把德行带在身上。

声势浩大的"清网行动"还在继续，但我 24 小时开机的手机再也没有接到过逃犯的来电。

与此同时，各大媒体正开辟出专门的版面来报道这场史无前例的行动。我对接公安部门的同事们，也一次次随同警方赶赴追逃现场，带回惊险的追逃报道。在劝投和追逃过程中，有的民警翻山越岭、不辞辛苦，一次次到在逃人员亲属家中，苦口婆心地宣讲；有的民警日夜兼程、千里追凶，连续数月奔波在大江南北，甚至亲人去世都未能见上最后一面；更有民警临危不惧、挺身而出，在真刀真枪的搏斗中不幸负伤，甚至献出了宝贵的生命。

在警察眼中，逃犯是目标、是对手、是敌人，也是日夜惦记的人。逃犯面对警察的追捕会逃，会反抗，甚至拼命。这也让追逃民警成了新的高危人群。据媒体报道，这次清网行动中，共有 21 名民警英勇牺牲，495 名民警负伤。

云南省公安边防总队保山支队案件侦查队教导员陈锡华就在这次"清网行动"中牺牲，我的同事也第一时间赶到保山采访报道。陈锡华投身缉毒战斗 17 年，参与指挥侦办贩毒案件 327 起，缴获各类毒品 468.1 千克，可谓战功卓著。

"清网行动"中，多条线索经过层层甄别，报送到保山市公安边防支队：经侦察发现，逃往邻国藏匿的排永兴已经潜回国内，很可能躲在其老家德宏州木康村一带。报请上级批准后，陈锡华带领专案组民警立即赶赴逃犯藏匿地，对其实施抓捕。

2011 年 10 月 22 日中午，陈锡华带领的抓捕小组在蒙蒙细雨中悄然抵达木康村。情报显示，排永兴就藏在村子里。陈锡华下令侦察员组成两人战斗小组，分头展开搜索。

当陈锡华带领侦察员搜索至木康小学后侧时，发现一名男子蹲伏于电站引水河边的草丛中。对排永兴的外貌特征早已烂熟于胸的陈锡华当即做出判断，此人就是要抓的逃犯。陈锡华立即向身边的侦察员打手势，让他从侧后包抄，自己则正面接近排永兴。排永兴发现两名陌生人正朝自己逼近，立即起身。

排永兴的身后是一个深坑，一侧是湍急的引水河道，另一侧是接近 40 度的堤坡。他朝陈锡华迎面冲了过来。陈锡华一个箭步迎上去，一下子将排永兴扑倒在地。排永兴挥拳朝陈锡华的面部猛击，陈锡华施展擒拿格斗手段试图将其一举制服。搏斗中，陈锡华与犯罪嫌疑人沿着陡坡坠入湍急的电站引水河中。

侧后方的侦察员见状也紧跟着跳入水中。但因连日降雨，造成水流太急，当他站稳后发现，陈锡华和排永兴已不见踪影。侦察员顺着水流的方向寻找，但水流太急，直到距离落水处约 2.5 千米的地方才发现紧贴着岔口铁栅栏上的排永兴已经不能动弹，而在排永兴下方还有一个人。在群众的帮助下，落水的二人被拉到水渠边，这才看清楚，排永兴下方的男子就是陈锡华，他的头部、颈部、腿部多处受伤，其中，头部伤势最为严重。被发现时，陈锡华双手依然紧紧抱着排永兴的手臂。参与救援的群众无不落泪，从落水处到打捞现场，那么长一段距离，只要陈锡华放开手，沿途肯定可以有地方顺利逃生，但为了抓住这个逃犯，他到最后也没有放开。他走得多么无畏，多么壮烈！

"清网行动"中，还有更多的英雄故事没有被铭刻于碑文之上，也没有被记录在报端，他们都散落在我们脚下坚实的泥土里，成为我们每个人能安然前行的动力。

看到他们的牺牲，我自然会想起王会、李鸿、相锐、徐

刀尖上的独行者

勇。如今，服刑的这四人中已有一人出狱。他给我打来电话，感慨当年听我劝去投案自首，乃是上上策。如今，人生还有一个值得期待的下半场。

他们本来都普普通通，有着自己的理想，但因为一念之差，毁了别人，也毁了自己。我曾经努力试着站在他们的角度，去体会他们的心情，去激活他们人性中的善，让他们诚心悔过，认罪伏法，改过自新，之后回归社会。

我很幸运，所有努力都有了很好的结果。我成全了他们，他们也成全了我记者生涯中一段特殊的记忆。我记得当年王会戴上手铐之后，我刚如释重负，一位警察的玩笑话又令我陷入了更多的思考之中，他说："一个逃了12年之久的犯罪嫌疑人，因为一篇报道就投案自首，太不可思议了！"

是啊，一篇报道都能感动一个犯罪嫌疑人，都能激活人性中的善，那我们每一个人都去多做一些激活人性中的善事，社会上的罪恶和执法人员的牺牲也会少很多。

番 外

山村"怪胎"与同心结

一

有人说，做记者的太感性了不好，容易偏离正轨。

但没办法，我这人天生感性，即便在做记者后也改不了本性。除了像劝逃犯自首这种分外之事，我还做过和记者本职工作更加无关的事，甚至一度被误解为人贩子。

那是 2006 年的 5 月 31 日，我接到一通新闻热线。电话里说在云南宣威一个遥远的小山村里，出了一件百年难遇的怪事：一女子在家中生下一对"怪胎"，产妇看到后直接吓晕了过去。村民都说是不祥之兆，可是"怪胎"还活着，也不能杀了,大家建议让其自生自灭。这时候,神奇的事情发生了,"怪胎"在家,不吃不喝一个多星期,居然还活着。

线索人说记者见多识广,让我去看看到底是咋回事。我向报社领导报备后,第二天一大早独自开车从昆明出发,前往宣威市阿都乡阿都村委会梁家村。

这是个位于云贵两省交界处的偏远小山村。从昆明到宣威大约 300 千米,我沿着并不熟悉的道路前行,一路上很顺利。而这条路将在 3 年后成为我记忆最深刻的路。

一个人的旅途是寂寞而疲惫的,我没有吃午饭,只在加油站加油时吃了些放在车上的糕点,想尽快赶到梁家村。

过了宣威路况越走越差,到达四面环山的阿都乡政府时,已经是下午 4 点 30 分了。不巧的是,乡政府的工作人员都去县里开会了,留守的人员一问三不知,说压根就没听说有什么"怪胎"。我赶紧给爆料者打电话,结果他告诉我说他也在宣威,这事他只是听说,具体的情况他并不太清楚。

这么大老远来跑来,没想到是这结果。我一筹莫展仰头看着天空,心想难道又是白跑一趟?我是不是得就此放弃,打道回府?

一想不对,如果这事真如爆料人所说,应该是家喻户晓才对啊。为什么乡政府留守人员不知道?或许他是嫌麻烦,多一事不如少一事?我把车停在乡政府,走到街上去找人打听。

我看见乡政府门口停着一辆微型车,车窗玻璃是摇下来的，过去张望了一下，车里没有人。这时，一个中年男子过来搭话了。他说看我不像本地人，问我从哪里来，有什么事。

我问他知不知道"怪胎"的事。他说确有其事，只是都过去很多天了，不知道娃娃是否还活着。得知我想去看看这对"怪胎"时，男子警惕地打量着我，问我是做什么的，为什么对这个事情感兴趣？

我告诉他我的身份，说是来采访的，看看是否能为她们提供些力所能及的帮助。男子是个热心肠，了解情况后告诉我梁家村的路很难走，我的车底盘太低，进不去，他愿意送我一趟，只要 60 元钱。

为了完成采访任务，我当即答应了。不过想到我一个女的要跟着一个陌生男子进山，还是有点害怕。为了安全起见，决定留张字条给乡政府的留守人员。我让男子等我一下，我去车里取个包。

我写了两张内容一样的字条：我是某某单位的记者，因工作原因要前往梁家村做连体婴儿的采访报道，现租用车牌号为 ×××× 的微型车，于 6 月 1 日下午 5 点从乡政府门口出发前往梁家村。字条后面附上我的名片。

我将写好的字条和名片留了一份在我的车里，另一份交给乡政府的留守人员，并拜托他第二天上班的时候替我交给乡政府办公室的工作人员。

和男子驾车从乡政府出来没多远，就进入了一条狭窄的土路。由于连日降雨，道路泥泞不堪。微型车一路打滑，一不留神就来个"漂移"，吓得我心惊肉跳。

尽管路途惊险，但是依然挡不住我进山的决心。司机看出了我很紧张，为缓解我的情绪，他不断找话题跟我闲聊，说："你们昆明人没见过这么高的山吧？"司机让我不要着急，上到山顶再下到山脚就到了。

微型车司机姓蒲，因为有这辆微型车，他的日子过得还可以。当车慢慢爬到半山腰的时候，我发现这里山势险峻，植被少得可怜。村民们几乎把可以开挖的坡地都挖开种上了荞麦和土豆，很难想象他们是如何在这么恶劣的环境里劳作的。

蒲师傅看出了我的诧异，便主动介绍了起来。原来这里地少人多，主食是苞谷（即玉米），可就算吃苞谷都无法自给自足，每年都有几个月要靠国家救济才能熬得过来。这里的农民，祖祖辈辈都在熬日子，也不知道什么时候是个头。

蒲师傅很幽默。他说："讲个笑话给你听，这里的农民刨洋芋的时候，必须先用东西挡上，如果洋芋一个不小心滚到山脚下，三天三夜都捡不回来。"

听了蒲师傅的一番话，再看看眼前的场景，我内心很感慨，我走过云南不少地方，环境这么恶劣的还真不多见。我们正说着话，车底忽然传来"嘎啦嘎啦"的声音，紧接着车就停了下来。

蒲师傅说："糟糕，发动机掉了。"

下车一看，果然，发动机被中间隆起的土路刮掉了。难道这回我要当"山大王"了？看着渐渐暗下来的天色，我非常着急。

"呵呵，小事情！别担心，这又不是第一次掉发动机，你稍等，马上就好。"蒲师傅一边安慰我，一边开始解决问题。只见他从车上拿出工具箱和铁丝，接着是一顿利落的操作，很快就把发动机固定住了，连我这个有着 12 年驾龄的老司机都看得目瞪口呆。

当微型车重新奔驰在乡村小道上时，蒲师傅得意地说："没有这两下子，怎么混饭吃？"

一边是峭壁，一边是悬崖，伴着发动机巨大的噪声，微型车"飞驰"在坑坑洼洼的土路上。蒲师傅拿出一盒磁带塞进车载播放器，车里响起了庞龙的《两只蝴蝶》："亲爱的，你慢慢飞，小心前面带刺的玫瑰……"

蒲师傅跟着唱起来，看样子他心情不错。我却抑制不住内心的担心，情不自禁地拽紧了车门把手，不断提醒蒲师傅，请他慢一点。

直到夜幕降临，蒲师傅才减速，一脚把车开进了一所小学校。我正纳闷为什么他把我送到学校来时，蒲师傅已经麻溜地跳下车朝里面跑了进去。

我打开车门下来，这才发现因为一路的紧张，我不仅手脚都在出汗，甚至下车时双脚都有些不听使唤了。

二

学校很热闹，老师、学生、村主任、村委会的人都在。我看见黑板报才想起来，今天是六一儿童节。

这里的村民很朴实。他们都说我是赶得早不如赶得巧，马上就要开饭了，一切都等吃完晚饭再说。虽然我一天都没有吃饭，但心里挂念着那对连体婴儿，很是着急，跟村主任说想先去看看连体婴儿，再回来吃饭。

热情的村主任告诉我，今天晚上肯定是去不了，因为产妇的家离这里还有十多里地。而且现在天色已晚，下过雨的路很不安全，我想去也不能让我去，要对我的安全负责。

"放心，明天一早，我会安排人送你下去，误不了你的事。"村主任一席暖心的话让我不好再坚持，只能恭敬不如从命。

村主任说平时大家日子都过得紧巴巴的，只有每年的儿童节会杀两只羊慰问老师和孩子们。只见昏暗的灯光下，一大锅羊肉汤在火炉上渐渐冒泡翻滚，香气扑鼻。

没有桌子，大家围炉而坐，每人发一个大碗。再拿一个公用大碗，碗里倒满浓烈的白酒。我默数了一下，房间里一共13个人，只有我一个女的。我问村主任刚才看见有女老师，她们为什么不进来吃饭？

村主任说，这里的女人不喜欢上桌子吃饭，随她们去吧。

开饭前，村主任给我盛了好多羊肉，然后把大酒碗端起来，说今天有省城的特殊客人来关心村里的连体婴儿，第一碗酒大家先敬我。我没料到会是这样，那满满一大碗酒，我哪里有勇气接？男人们一阵劝说，我还是没有接那碗酒。其中一个好心提醒，让我能喝多少就喝多少，意思一下也可以。今天我是贵客，我若不喝，大家都是不能喝的。

入乡随俗，村主任给我换了小碗，我喝了一口才正式开席。吃着羊肉，看着那一大碗酒在男人们的手中传递，每个人接过碗就是一大口，这样的喝酒氛围真诚而热烈，然后再看着他们一个个喝得脸红脖子粗。屋外，夜渐渐深了，雨又淅淅沥沥地下了起来。

晚饭结束后，村主任把我安排在村委会办公室的值班室休息。虽然已经入夏，但山里的夜晚很凉。村主任担心垫的褥子太薄，专门让人去搬了一块海绵床垫来。又担心被子不够厚，找人去拿了一床10斤重的棉被。我躺在床上，辗转反侧睡不着觉，感觉这天发生的事像是做梦一样。

这时候，我闻到一股浓烈的汽油味。我赶紧起身，循着味道，发现房间里竟然有两只大汽油桶，我推了一下，很沉，纹丝不动。

我再看，发现这间值班室和隔壁会议室竟然是用木板做的隔断，而村主任一群人就在隔壁烤火。想着这两大桶汽油，我忍不住起身把担忧告诉了村主任。

村主任听后笑了笑，说没事，一直以来都是这样的。可能意识到他们说话影响了我休息，他们立刻就散了，把火炉也撤了。

第二天，我在全身奇痒无比的状态中醒了过来，发现竟然被跳蚤"袭击"了。它们在我身体上留下了无数个巨大的红疙瘩，过了3个月才基本痊愈。

直到上午9点，淅淅沥沥的雨才停了。村主任安排村委会的工作人员小陈骑摩托送我，说小陈曾经在武警部队服役，是村子里骑摩托车技术最好的，村主任说他只放心让小陈送我去。

我上了小陈的摩托车后座，心想没那么夸张吧，只是送我一程而已，搞得好像是比武竞赛一样。小陈说："你抱紧我，我要出发了。"

说完就启动了摩托车。

素不相识的，我哪里好意思一上车就抱紧人家。摩托车起步之后，我却不得不抱紧小陈的腰。5千米的山路一直在深不见底的山崖边盘旋，路面狭窄且坑坑洼洼，主要是那些要命的稀泥。只见摩托一路"漂移"而下，我被吓得灵魂出窍，感觉呼吸都被堵住了，也顾不得什么"男女授受不亲"了，只有紧紧抱住小陈的腰才勉强有点安全感。

半个多小时的路程，全是下坡。当摩托车终于"漂"到目的地时，我才回过神来。这是一片河谷地带，古树参天，绿草如茵，夜雨后放晴的早晨有鸟语花香。满眼都是生机，像极了一个世外桃源。

在小路的尽头，摩托车无法前行，我们步行了一段，来到了"怪胎"的家。

三

推开一扇老旧的木门，光线跟着投进屋里，正好照在用奶瓶喂孩子吃奶的母亲身上。

空荡荡的屋里，除了靠墙有一张床，很小的一个窗户下有一个矮小的案桌外，就再也没有其余的家具了。屋子中间有一个火炉，产妇徐丽芬正在那里拿着奶瓶，给孩子喂奶。

看见我进来，裹着头巾的徐丽芬努力挤出一丝笑容，眼神暗淡无光，透着一种无奈的悲苦。她是个年轻漂亮的妈妈，皮肤光洁，大眼睛，高鼻梁。

徐丽芬怀中的婴儿是用一个绣花包被裹住的，两个小脑袋半裹在同一个包被里，这样的情景我还是头一次看见。我轻轻走近，其中一个闭着眼睛仿佛睡得很熟，另一个正在用力吸着奶瓶里的奶，一只小手从包被里伸了出来，不停地抓握着。徐丽芬把小手塞回包被里，不一会儿，小手又伸了出来。

因为我的到来，屋里的人渐渐多了起来，熟睡的小家伙们也醒了。只见一个正睁开惺忪的睡眼，另一个也吐掉了奶嘴，开始大哭。

一个哭，另一个也跟着哭。徐丽芬拍着哄，但好像作用不大，她把孩子放到腿上，解开了小包被想看看孩子是不是尿了。

当这对小家伙完全裸露在我眼前的时候，我发现她们从胸部到腹部是完全粘连在一起的，而且只有一个肚脐眼。由于面对面连体，她俩的双手不时做出拥抱状，四只小脚从包被的束缚中解脱出来，也开心地乱蹬。

"怪胎"一点也不怪，甚至还有些可爱。我猜她们只是胸腹的皮肤连在了一起，如果能做个手术分开，就是一对漂亮的双胞胎姐妹。

最初，徐丽芬一家也只以为我是来看热闹。我便告诉他们，我是记者，这次拜访是要把连体婴儿的事报道出去，如果有医生看到，说不定能够帮助她们做分离手术。徐丽芬的眼神亮了一下，又暗淡了回去。梁家村虽然通了电，但当时全村都还没电视机，他们都不知道记者是干什么的，也不明白"报道"是怎么回事。只是听说要帮助孩子做分离手术，这是重要的事。

围观的群众都想知道记者究竟能做什么，他们特别找来村里最德高望重的老人一探究竟。老人见到我后，一本正经地给大家介绍说，记者很厉害，他们写的报道，省长都看得到。

老人是一位老红军。他在孩童时期就跟着红军长征，后来途经宣威时在一次战斗中负伤，流落到了梁家村。伤好后红军早已远去，他也就留了下来。新中国成立后听说政府对老红军有补助，他积极争取最终得到一个月 70 元的补助。老红军无儿无女，这些钱大都拿来救济村民了，他不仅是村里最富有的，也是最有威望的。

听老红军一说，大家这才将信将疑，七嘴八舌争着给我介绍起来。

　　徐丽芬今年 21 岁，结婚 3 年才有了身孕。当地的接生婆蒲葵香发现她的身体特征比较特殊，建议她到县城医院去检查。可因为家里穷，出门的路又不方便，徐丽芬始终没有去过医院。

　　直到 5 月 19 日早晨 6 点，蒲葵香被叫到徐家。当时，徐丽芬的羊水已经破了。刚做完接生的准备工作，蒲葵香就已经可以看见婴儿的头了。蒲葵香让徐丽芬听她指挥配合分娩，徐丽芬非常配合。当婴儿的头部出来后，她的身体像是被什么东西给卡住了。

　　凭着多年接生的经验，蒲葵香小心地用手探查，结果她摸到徐丽芬的体内还有另外一个头。蒲葵香一阵惊喜，她说是双胞胎。但当她继续探查时，发现两个婴儿的胸部是粘连的。

　　"我之前倒是听说过连体婴儿。可我接生过无数婴儿，各种情形都遇到过，连体婴儿还是头一回。"蒲葵香让徐丽芬配合，继续努力。

　　由于分娩的难度大，时间长，徐丽芬越来越虚弱。蒲葵香不敢告诉徐丽芬是连体婴儿，只是不断地鼓励她。经过将近两个小时，这对连体女婴终于生出来了。娃娃虽然出来了，但由于羊水破得早，分娩时间过长，两个娃娃都有缺氧的症状，没有呼吸，更不会哭。

　　蒲葵香赶紧抢救，她用纱布盖着娃娃的嘴，给她们做人工呼吸。10 多分钟后，娃娃终于缓过来了。等她们的呼吸正常后，蒲葵香将她们用包被包好，这才把娃娃的情况告诉了徐丽芬。徐丽芬一看到娃娃，就晕倒了。

很快，徐丽芬生了"怪胎"的事情在全村就传开了。人们纷纷来到徐家，人进人出，乱成一团，像赶集一样。

蒲葵香老医生很冷静，指挥徐丽芬的丈夫梁忠恩给徐丽芬喝点水，但用小勺根本喂不进去，用嘴喂也没有用。

几个小时后，徐丽芬突然全身抽搐，而且越来越剧烈，她发疯般地咬自己的舌头，满嘴都是血，大家都不知道该怎样应付了，手足无措的梁忠恩蹲在墙角哭了起来。到下午3点，徐丽芬已两次深度昏迷，每次醒后，病情就会加重，全身僵硬，生命危在旦夕。

就在危急关头，也不知是谁说了声："我们凑钱吧，不赶紧送医院抢救怕是人要没了。"

村民们闻言纷纷响应，1角、2角、5元、10元地往梁忠恩手中塞，看梁忠恩已经拿不下，便有村民拿来一个大簸箕放在屋子中间。一下午竟收到4800多元。

梁家村是有名的特困村，全村有80多户人家，共400多人，户年均收入600元左右，这些钱是乡亲们省吃俭用很久才能攒下来的。大家说捐就捐，没有登记名字，更没有说要还。

徐丽芬还在昏迷中，并时不时抽搐。眼看过了10个小时还是这样的状况，村民们急坏了，发动全村人找手机，好不容易找来一个，却发现没有信号。大家就派跑得快的年轻人爬到山坡上，找人联系车辆送徐丽芬去医院。

时间一分一秒地过去了，直到晚上8点，才联系上一个名叫陈静的中巴车司机。陈静的中巴车是跑营运的，当时还在外面跑车，但他听到徐丽芬的事情后，果断表示会马上赶来送徐丽芬上医院。

陈静答应赶回来，但又有一个难题摆在了大家面前：从村委会到徐丽芬家 5 千米的路都是羊肠小道，紧靠悬崖，而且还有许多特别狭窄的地段，中巴车根本无法通过。

村民们又提议先把路修好。大家纷纷离开徐丽芬家，一个又一个拿了工具上路，修路队伍一下子就壮大起来。大家挖的挖、抬的抬、铺的铺、垫的垫。当时天已经黑了，从山下抬眼望去，蜿蜒的山路上，火把和手电的光照出了一条希望之路。

夜里 11 点，陈静赶回来了。看到村民们一直打着火把和手电筒在修整路面，他被感动到落泪。路虽然被修整过了，可依然很险峻。曾经是部队汽车连骨干的陈静凭借过硬的驾驶技术，安全地将徐丽芬接了出来，连夜赶往宣威市。

第二天凌晨 3 点，仍旧昏迷的徐丽芬终于被送进了宣威市人民医院。经过医生的全力抢救，昏迷了许久的徐丽芬终于苏醒。

刚开始，分娩的痛苦经历好像没有给徐丽芬留下记忆，她脑海里一片空白。直到几天后，她才断断续续地想起自己生了一对连体的孩子，她不知道这两个孩子现在是生是死。

徐丽芬不在的时候，村子里的老人都说，从来没有听说过这样的孩子，恐怕是不祥之兆，让她们自生自灭算了。但孩子的奶奶不忍心让孩子活活饿死，只好每天兑点白糖水给她们喝，是生是死只能看她们的造化。

清醒后的徐丽芬赶紧问医生孩子们能不能分开，医生说从来没有遇到这样的情况，但这种手术保守估计怕是要 20 万元。这个天文数字吓坏了徐丽芬，她没敢再问。村里人得知后，也都沉默了。20 万元这个数字，不仅徐丽芬一家人不敢想，即便村里所有人加在一起，都不敢想。

分离无望，但每天喝点糖水的孩子还好好活着，徐丽芬嚷着要出院回家看孩子。一个星期后，徐丽芬回到村里，抱着孩子，她心里难受极了，她对我说："不敢想象孩子长大了会是怎样的状况。但娃娃是自己的骨肉，只要能活着，我就该好好地抚养。"

了解完情况后，我回到阿都乡政府取车，之后匆匆赶回宣威市赶稿，写完稿子我才连夜开车回了昆明。饿着肚子赶稿子是记者工作的常态，早一点把报道发出去，也能为连体婴儿多争取一些时间。

四

第二天一大早，我都还没到办公室，就接到了昆明市人民医院的热线电话，说院长李立看到了新闻，想找我了解一下详细情况。

我将所了解到的情况全部告诉了他们。院方很快做出决定，组织专家组到连体姐妹家中，对连体姐妹进行初步检查之后再做下一步决定，李立院长也会亲自去。我得知后内心非常激动，预感到连体婴儿分离有望了。李院长 1998 年在美国获得医学博士学位后回国，他不仅是肝胆科专家，更是我国在该领域的顶级专家。

第三天一大早，我重返梁家村，下午 4 点赶到了阿都乡政府。别克商务车进不去山里的医院，于是工作人员找了乡长换乘了林业站的北京 212 吉普车。这车油太贵，平时舍不得用，而且附近也没有加油站。

由于连日的雨水，很多路段遇到了塌方。村民们为了能让专家组顺利进村，已经组织了 60 余名青壮年去修整路面。但悬崖峭壁间，还是有过不去的地方，李院长和大家一起下车搬石头，他说从来没见过这么难走的路。儿科主任木英忍不住感叹，本来想着到山里看孩子，顺便领略一下大自然的风光，为此还专门换上了休闲装。没想到，进山的道路都如此坎坷，这里的村民们实在太苦了。

大家的感触相同，连体婴儿未来的命运也成了共同的担忧。当吉普车摇摇晃晃开到最后一个坡地时，大家的眼前豁然开朗。只见老老少少、男男女女，无数村民聚集在村口。和我第一次来时不一样，这一次，梁家村的村民全都在村口等候，迎接专家组。

汽车还没停稳，一些村民就兴奋地说："我们在这里等了一天了，连午饭都没有吃。来了就好啊！娃娃有希望了！"

一个裹着小脚、满头银发的老奶奶也站在人群里等候。

徐丽芬怀抱着连体婴儿

我好奇地问，才得知她今年已经 97 岁，是村里最年长的老人。老奶奶说自己活了近百岁，这是她这辈子见过最激动人心的场面，能见到省里的大领导，真要感谢毛主席他老人家呀。

时间紧迫，李院长的脚步一刻也没有停下，径直往梁忠恩家中走去。这时我听有人叫我，转头才在人群中发现了梁忠恩，他说昨晚和妻子一夜都没睡，天刚亮，他就来到村口等医生到来。

专家组一行人进到屋里时，徐丽芬正抱着连体婴儿吃奶。屋里的灯光很暗，木英抱过孩子，把孩子放在膝上后，解开了孩子的小包被，仔细给孩子做检查。检查时，孩子突然拉屎了，弄得木英一手。徐丽芬很不好意思，赶紧拿纸想帮木英擦。正专心工作的木英安慰说："不要紧。"

这随便的一句"不要紧"，感动了屋里围观的村民。有人悄声说道："人家都是省城来的领导，一点架子都没有，这娃娃看样子是有希望了。"

通过检查和进一步了解，李院长决定带连体姐妹回昆明做进一步检查。村民们听闻，欢呼起来。至于能否分离，李院长无法下定论，要等回医院做全面检查之后才知道，因为在云南做连体婴儿分离手术尚无成功先例。

在梁家村只逗留了近 40 分钟，大家便准备离开。汽车缓缓启动的时候，好多村民跟着汽车，与医生告别，安慰梁忠恩夫妇。

路过乡政府时，乡长和书记说要代表阿都乡 37000 人感谢专家组的到来。随后,他们将一个装有 2000 元钱的信封塞到梁忠恩的手中。书记说:"你们到昆明后省着点用,大人就不要给医院添麻烦了。"

离开阿都乡的时候,天黑了,还下起了小雨。已经劳累了一天的司机绷紧了全身的每一根神经,谨慎地驾驶。直到次日凌晨 3 点半,汽车终于缓缓驶进了昆明市第一人民医院。虽然所有人都非常疲惫,但一进医院,李院长便直奔医院 ICU 病房(重症加强护理病房)去看望危重病人。路途遥远,小家伙们可能一路颠簸得难受,显得很烦躁,不停地哭闹,儿科主任木英亲自给小家伙洗了澡——这是孩子们出生后第一次洗澡。

洗完澡,没有换洗衣服,木英给小家伙们暂时裹上一条医院的大毛巾。值班护士则给孩子们穿上了尿不湿,木英手把手地教徐丽芬护理、照顾孩子,徐丽芬像听天书一般。小家伙饿得哭闹起来,徐丽芬拿出奶瓶给她们喂奶,木英见她喂的是豆奶,立即给换成了婴儿配方奶粉。

吃饱喝足的小家伙们终于安静地睡了。查完岗的院长也到儿科来看望了连体姐妹。看着眼前的一切,梁忠恩悄悄对我说:"我们从来没有来过昆明,以前只是听说过。直到现在,我都感觉不真实,一切像是在做梦一样!"

安排完这一切,已经是早上 4 点半了,我匆匆赶回家,简单洗漱一下,吃了口早餐就赶紧返回医院。我很想早点知道这两个小家伙究竟能不能分开。

第二天上午,经全面检查,初步查明连体婴儿的两颗心脏前壁相连，共用肝脏。结合核磁共振检查结果，李立院长高兴地说："虽然这对连体婴儿的畸形发生率为十万分之一，但如果接下来的检查情况较好的话，分离手术可能有希望。"

因连体婴儿自出生后一直处于营养不良状态——她们一点皮下脂肪都没有，体质很弱。要想手术，第一步是加强营养。

梁忠恩夫妇听说手术有望，非常高兴。但同时，梁忠恩眉头紧锁，悄悄对我说，医院从领导到医生都对他们太好了，以前就听说手术费很高，现在更不知道该怎么办才好。

其实，他们的担忧医院早就考虑到了，连体婴儿入住后，医院工会就牵头发起动员，倡议在院内为连体婴儿的分离手术费用进行募捐。住院期间，她们的衣服、奶粉、尿不湿等日用品也是医院内部募捐而得。

梁忠恩得知后内心更加忐忑不安，总感觉亏欠医院的太多。

五

经过 3 个多月的精心护理，连体婴儿的体重已由入院时 3.9 千克增长到 7.8 千克。而且各项体征已趋于正常，基本达到实施分离手术的最佳时机。

为了这次手术，医院邀请了国内曾经主刀分离过连体婴儿手术的知名专家专程会诊，选派精干而富有经验的专家，进入各级实施分离手术的专家队伍，进行病案分析以及术前、术中、术后或可能出现问题的处置预案落实。

医院还专门成立了实施连体婴儿大双、小双分离手术的各级组织机构领导小组，由院长李立担任小组组长。手术前期准备组、肝胆外科专家组、胸外科专家组、麻醉专家组、ICU专家组、医院本部专家协作组、市级专家协作组、后勤保障组相继成立。

如果不是一直追踪连体婴儿的后续报道，我不会了解到这个手术有多么复杂，更不敢相信，一台手术居然有这么多人参与。我感觉这不仅像是一个庞大的工程，更像是在打一场艰难的硬仗。

9月14日上午7点半，我早早地来到医院。因为这天，昆明市第一人民医院将正式实施云南省首例连体婴儿分离手术。

从孩子生下开始，梁忠恩夫妇就盼着有这么一天。我推开病房门，见徐丽芬正抱着哭闹的孩子。因为今天手术，孩子早上5点就禁食了，此刻肯定饿得慌。徐丽芬眼睛红肿，一说就哭。她昨晚一整夜都没睡觉，始终抱着孩子，连丈夫想换着抱一下都不肯。

徐丽芬说，医生已经告知了手术风险。两个孩子生来命苦，最大的福气就是遇到了那么多的好心人。如果孩子没有那个命，他们也不会有任何的抱怨。她自己也做好了最坏的打算，所以想再多抱抱娃娃，不知道手术后还能不能再抱得到她们。

　　徐丽芬还说，孩子差几天就 4 个月了，做妈妈的她总感觉抱不够她们。昨晚自己心里乱，看着孩子大大的眼睛，心里难受，就忍不住哭了，两个孩子看妈妈掉眼泪，眼睛里也竟然滚出了大滴大滴的眼泪，好像她们知道妈妈的心事。

　　作为母亲，徐丽芬此刻的心情我完全能够感同身受。

　　上午 8 点半，连体婴儿将被抱往手术室。

　　徐丽芬双腿如同灌了铅一般沉重，手术成功与否的压力已经让她没有力气将孩子抱出病房。梁忠恩不得不从她手中抱过孩子，往手术室走，从儿科病房到手术室的路上，梁忠恩边走边对我说："我觉得我的娃娃福大命大，手术肯定能成功。"

　　这话是说给我听的，也是说给妻子徐丽芬听的，更是说给他自己听的。

　　到了手术室门口，一位穿着消毒衣的医生伸出手来，微笑着示意梁忠恩把孩子递给她。梁忠恩低头又看了看怀中的女儿们，然后递给了医生。医生抱着孩子转身的那一刹那，徐丽芬揪着丈夫的衣角伸着头看孩子，孩子仿佛感应到了妈妈的牵挂，也歪过头来看徐丽芬，就看了那么一眼之后，手术室的大门就把她们母女隔开了。

　　接下来是漫长的等待。夫妻俩在休息室里坐立不安，每一位医生进出手术室，他们都会站起来张望。徐丽芬紧盯着手术室大门，我问她在想什么，她说来到医院后，每次打针孩子都痛得哭，哭得自己的心都碎了。现在要做手术把她们分开，肯定要用刀，怕她们痛啊。

梁忠恩听后，劝她说："这么大的手术，肯定要打麻药的，打了麻药就不痛了。"

上午9点，参与此次手术的各级专家组成员、医生、护士等近30人都准时到来，大家在手术室旁边的休息室待命。根据手术计划，各级专家组成员将轮流上手术台，完成各自的工作。

半小时的时间里，连体婴儿术前准备工作有条不紊地进行着。作为唯一获准进入手术室的记者，我和医生一样，进行了严格的消毒换装，进到了手术室。

此时麻醉已经起作用了，只见连体婴儿静静地躺在手术台上，尽管两个人的身上都插了很多管子，但她们的小手始终相互环抱着。当医生刻意把两只小手摆放在她们身体的两侧时，两只小手又马上不由自主地抱在了一起。看来两姐妹已经习惯了这样亲密的姿势。

这次手术，医院在手术台上面的无影灯中间安装了一个高清摄像头。手术情况可以通过电视屏幕传输出来，在休息室待命的手术组成员可以随时清楚地了解到手术进展情况。

手术室里很安静，所有的医生都各自忙着自己的事。主刀医生需要配合时，言语也很简短，助手和各位工作人员的配合非常默契。

下午1点，由李立院长主刀开腹，首先进行腹部分离。

当连体婴儿的腹部皮肤及皮下组织被慢慢割开时，她们腹内的器官暴露了出来。连体婴儿的肝脏与术前检查的情况一致，李立先小心地一点点扎住肝脏的出血带，然后用超吸刀逐渐将肝脏一点点分离开。

下午 5 点左右，连体婴儿共用的肝脏被成功分离。这时，手术室里的气氛相对轻松了很多，因为手术进行得非常顺利。

旁边的休息室里，从电视里观看手术情况的手术组成员情不自禁地为李院长的娴熟技艺喝彩。

接下来，医生打开了连体婴儿的胸腔，与术前检查相吻合的是，连体婴儿共用一个心包。手术继续进行，心包被顺利分离开来后，心脏呈现了出来。但意外也随之出现了。

连体婴儿的两个心脏竟然生长在一起，心室相通，共用一个心室。这与之前的检查出现了差异。

经过紧急的远程会诊，手术不可能再继续下去了。因为该心脏属于罕见的畸形心脏，目前，全球医学界尚无有效分离技术。

晚上 9 点，两个小姐妹再次连在了一起，李院长问："谁来把这个结果告诉孩子的父母？"所有人不约而同全部转过头看着我。我惊得张大了嘴，这样的结果肯定不是他们想要的。不过我很快冷静下来，因为只有我去最合适。

见我走出手术室，徐丽芬夫妇立刻跑过来，眼巴巴地看着我。我说："娃娃好好的，没事。不过……她们暂时分不开。因为她们的心脏实际情况和检查情况不一样，两个心脏长在一起了。心脏分不开，人就分不开……"

梁忠恩呆呆地看着我，徐丽芬的眼泪顺着脸庞流下，她说："没关系。我还是要感谢大家，感谢医院，我知道你们都尽力了……"

　　直至所有医生们都离开了，徐丽芬依然坐在手术室门口的椅子上，她没说话，只是一个劲儿流泪。梁忠恩看到妻子这样，害怕她承受不住打击，想安慰几句，但他估计也是心乱如麻，只是自言自语道："至少娃娃还活着，有希望总比没有希望好啊……"

　　徐丽芬和我说，有一晚她做了一个梦，梦见两个娃娃一前一后从村口的山坡上跑来。等跑近了，才看出是自己的娃娃。当时地里的苞谷都收完了，两个娃娃说是她们帮着收的，还让徐丽芬夸奖她们。

　　徐丽芬说这些话时，眼泪始终没有停过。她反复说着："如果我怀孕时，能像城里人一样，有条件做个检查就好了……"

　　我找不到安慰她的言语，因为在记忆深处最令我心酸的就是那个她口中常常提到的穷困的家乡。

　　几天后，医院就连体姐妹分离手术后的情况召开了新闻发布会。在新闻发布会上，院方向各媒体公开了手术过程的影像资料。

　　这次，虽然没有把连体婴儿给成功分离开来，但这个复杂的手术却能延长她们的生命。因为她们的心脏以前只有一个心包腔，心包腔的生长速度没有两个心脏的生长速度快，随着婴儿长大，会非常危险。现在手术已经把心包分离开，至少减少了心包对心脏的挤压。

　　结果虽然令人遗憾，但欣慰的是，两个婴儿还活着。这也是以后医学面临的难题，要保一个舍一个也不可能，因为连体婴儿的心脏一切开，血液会迅速流完。另外，还要考虑到心脏切开后怎么去修补。

目前，真正能够解决的办法是心脏移植，需要同时有两个心脏才能够救活她们。但是，给那么小的婴儿做心脏移植，全球尚无成功先例。

"我去过连体婴儿出生的地方，太贫困了……"李立在新闻发布会上突然说了一句似乎与手术毫不相干的话，虽然在场的人很多，但都没有意识到李院长为什么会在不经意间冒出这么一句话，也许，只有我懂。

六

一个月后，我重返梁家村，这次是送连体婴儿回家。

她们术后恢复得很好，等回家找到人造心脏后，便可以进行下一次手术。医院已为她们捐赠了大量的奶粉和婴儿用品，足足拉了一大车。

离开时，我一再交代徐丽芬夫妇，一定要照顾好孩子，等着我下次去接她们。但没过多久，我就接到了徐丽芬的电话，说孩子感冒发烧了，她们刚被送到宣威市人民医院，怕是不行了。

我一听急了，放下手中的工作就往宣威赶。但万万没想到，等我赶到医院时，连体姐妹已经抢救无效，被宣告死亡。看着哭得不成人样的徐丽芬，我真的特别难过。因为李院长刚刚联系到德国一家机构，对方愿意无偿捐赠两颗价值高达 300 万元的人造心脏。现在只等孩子身体恢复，就可以签署手术协议。因为通信不便，这个喜讯我还没来得及告诉徐丽芬。

我真的不明白，两个孩子都经历了那么大的手术，怎么一场小小的感冒，就要了她们的命？

徐丽芬告诉我，连体婴儿出现感冒症状是在头一天晚上，乡卫生院院长得知情况后，马上对孩子进行了医治，当晚状况有明显好转。次日早上 5 点，徐丽芬发现孩子的呼吸突然急促起来，她意识到病情有反复，于是和丈夫背上孩子，出发前往宣威市。

夫妻俩没有交通工具，只能背着孩子一路徒步，从天黑到天亮，一直走到乡政府才搭上班车。紧赶慢赶，直到傍晚才赶到了宣威市人民医院，孩子在她背上就没有了呼吸。

我听完更生气了，时间就是生命，为什么不请人帮忙送一下，只要开口，乡政府一定会帮忙的。因为持续跟踪报道，全国都在关注连体女婴，阿都乡也因此上了央视。

徐丽芬委屈巴巴地说，之前村里和乡政府已经帮得够多了，不好意思再麻烦大家了。

冷静下来后，我也意识到自己有些过分了。自从生下连体女婴后，大家的关爱对于徐丽芬来说是莫大的心理负担。因为以她的能力，这辈子也还不了这份恩情。她只是单纯不想再欠别人的，这有什么错？

　　我再也没有勇气去和连体女婴告别，含泪离开了医院。如果不改变这里的贫穷，还会有无数个婴儿会因为一场小小的感冒，夭折在母亲的背上。

　　我还记得最后一次和连体婴儿见面，是去梁家村拍她们俩的纪录片。俩姐妹的生命虽然只有短短195天，但从第一篇报道开始，由她们引发的真情故事就感动了整个中国。中央电视台《讲述》栏目联系到我，要以名为《同心结》的纪录片再现整个过程。

　　记得摄制组录制完成，我们告别梁家村时，两姐妹忽然大声啼哭，我赶紧去抱过来哄。只见大颗的眼泪从她们眼角不断滑下来，我担心进到耳朵里不好，拿了纸巾小心去蘸，又怕婴儿皮肤太嫩，不敢擦。

　　我当时也不知道怎么了，就对着两姐妹说："你们是舍不得我们，对不对？你们俩不要哭，要健健康康长大，等院长找到人造心脏，我就来带你们出去做手术。"

　　别看她们小，好像什么都知道似的。这样一说，两姐妹真的不哭了，大大的眼睛就那样滴溜溜看着我。那两双大眼睛，我一辈子都忘不了。

　　《同心结》直到春节前夕才播出，虽然这部片子由梁家村村民全体参演，他们却无缘观看，因为村里连一台电视机都没有。

　　随着纪录片的播出，梁家村的命运再次牵动着观众的心。山东青岛的企业家江海鹏看到纪录片后，辗转要到我的电话号码，说想要捐点钱给徐丽芬家，让她能过个好年。

江海鹏年轻时当过兵，因当年在云南边境作战时遇到的一件事，让他心里从此有了一个特殊的云南情结。在电话里，我们聊得比较多，我听说他的企业规模不小，有 8000 多员工。我心想，要是能从根本上解决扶贫问题就好了，不然捐再多的钱，花完了还是一样会穷。

于是我大胆说："我不建议你捐钱。"

他问："为什么？"

我说："授人以鱼，不如授人以渔。"

他又好奇地问："你想让我做什么？"

我问他那里有没有不需要文凭且技术难度不太大的工作岗位，有的话可否为梁家村的年轻人提供一些，我觉得让他们走出大山，通过自己的双手去改变命运，这才是帮助他们脱贫的最有效的办法。

江海鹏一听，便说这个建议好啊。他每年都要招工，只要梁家村村民愿意来，他举双手欢迎。

没想到，短短的一个电话居然敲定了这么好的事。我立刻和阿都乡的乡长联系，把这个好消息告诉他。我们通完电话后没过几天，江海鹏就又给我打来电话，说过完年就把他的总经理助理老高派过来，让老高全力配合我。江海鹏是个急性子，没到正月十五，就把老高派过来了。我也放下了手里的其他工作，和老高前往阿都乡进行实地考察。

我再次重返梁家村。

七

我想，帮助村子里的年轻人出门打工是好事，村里应该全力支持。我们一去，很多人可能争先恐后来报名，我们只要考虑如何提供更多的岗位，让每一个想出门打工的青年都顺利走上工作岗位。老高出发前还特意去做了发型，换上雪白的衬衫，笔挺的西服。

然而，我们想得有点简单了。

刚到乡里，屁股还没坐热，迎面就泼来一瓢冷水。书记说我不务正业，作为一个记者，怎么能搞劳务输出？要是出了问题谁负责。而且听说我主要招女工，更觉得我有不可告人的目的，担心我把这些女孩子给拐卖了。

兴高采烈地来，却不温不火地吃了一个闭门羹。最想不通的人是老高，气呼呼地说自己从几千里外跑到这里来，诚心诚意地想帮助这里的年轻人走出大山，走出贫困，居然被说成是骗子。简直匪夷所思。

我意识到了这事要办成可能得经历一些波折。于是静下心来把事情仔细捋了捋，决定兵分两路：我让老高在乡政府待着，多跟乡长沟通，他是支持我们的；我则赶紧返回市里寻求市政府支持。

我用了两天的时间，找了市委宣传部、市妇联、市劳动保障局的负责人，就这件事进行了汇报沟通，征得了几个部门的支持后，又返回到阿都乡。

刚进乡政府，老高就远远跑来。他可怜巴巴地说："小汤,你可算回来了!我在这里真是望眼欲穿呀!这个山沟沟,看天得仰头 90 度;手机没有信号;电视全是雪花点,最多能当成个收音机听听;一条街 5 分钟可以走三遍;睡觉时不敢动,一动那个床就吱呀乱叫,翻身更是担心会垮掉……唉,我忽然想起那部叫《甲方乙方》的电影,艺术源于生活,一点不假。要是你再晚点回来,我可能就是电影里那个蹲在墙头上的人了。"

听完老高的一番诉苦,我忍不住大笑起来。我告诉老高,市里头已经通知乡政府了,我们随时可以进山去招人。我以为拿到了市里的"尚方宝剑",可以随时进梁家村招工了。然而,令我想不到的是,更大的困难还在后头。

招工第一站还是去徐丽芬家,夫妻俩见到我犹如老友重逢。听说我这次来是让他们出去打工,虽然有点害怕,但咬咬牙答应了。说是我让他们做什么,他们就做什么,要回报我的恩情。

然而,除了徐丽芬夫妇外,再也没人愿意跟我们走了。这里的村民非常善良,大家把我当成贵宾,给我去河里抓鱼,非要把过年才舍得吃的火腿拿出来,煮给我吃。但只要一说让她们出去打工,竟没一个人愿意。

我只能拿着刊发的报纸,一家家去保证报道都是我写的。我是记者,不是骗子。我走到哪里,都有一群人跟着,大家虽然你一言,我一语,但就是不愿意走。有的说政府会发救济,人走了就领不到救济了;有的问家里的地谁种;还有的说家里养着一头猪,怎么都舍不得……

徐丽芬也极力帮我当说客，动员大家要相信汤记者是好人，不会害大家。

我这才发现，想让一个人心甘情愿地背井离乡去挣钱，是有多么不容易，他们宁愿穷，也不愿意冒险。遥远的大都市，不要说这些十七八岁的女孩，就是她们的父辈，也都没听说过。

人都会对未知的世界有天然的恐惧，怨不得她们。但这里气候恶劣，没有土地和资源，不走出去，哪有改变命运的机会？

转眼间一个星期过去了，除了徐丽芬，还是没人愿意跟我们走。

江海鹏得知消息后表示，虽然他的企业很缺人，但经过斟酌，还是决定先把第一批梁家村的工人送去他朋友的公司——红豆集团。我一听当然很高兴，国内知名企业，乡里一查都知道，也不怕我骗他们了。

最后我又厚着脸皮请乡长跟我们一起走村串户做动员工作，经过一番努力，终于有 30 个年轻人同意外出务工。

3 月 8 日，妇女节当天，第一批务工青年正式出发，其中 24 个女青年都穿上了她们最好的衣服。虽然她们都是十七八岁的女孩，但如果不外出务工，就到了结婚生子的年龄了。县里的领导很重视，专程来送行，还给每个人都戴大红花。乡长开玩笑说，要授予我"阿都村荣誉村民"的称号。但上路了我才发现，这个"荣誉"可真不容易。

大家都是头一次走出大山，车上的管理就成了一大难题。不仅要制止他们随地乱扔垃圾、在车厢里到处乱窜，连厕所也得手把手地教他们用。列车途经站点停靠的时候，更怕有人跑下车掉队。我一遍一遍点名，一遍一遍地喊，嗓子不一会儿就喊哑了。大家在车厢里很乱，一会儿这个车票找不见了，一会儿那个车票又不见了，列车员这一路都在反反复复地查票。

到上海站之后，列车长向车站报告说有人逃票，把我们所有人都扣留在站台等候站上处理。我一看，事情搞严重了，赶紧让大家列队站好，把出发时乡政府给大家的大红花拿出来戴好，并让他们把车票都交给我。站长一来看到这一队戴着大红花的人，纳闷了。问我们谁是领队，听说有人逃票是什么情况。

我拿出了记者证，老高见状，赶紧拿出介绍信，我把事情的来龙去脉说给站长听，然后把所有的车票交给站长查验。我说："站长，逃票是绝对不可能的，您点点人数，再核对一下这些车票，我们的车票是统一购买的，都是连号的。只是我们这些年轻人都是第一次乘坐火车，可能有点活泼。"

站长了解情况后，又核对了车票和人数。发现确实没有问题后，不仅和我们说了些道歉的话，还特意安排工作人员为我们引路并打开了一个 VIP（贵宾）通道为我们放行。

后来才发现，我们队伍中真有一个没买票的年轻人。他是在阿都开欢送会时，突然很想去，就悄悄混进了队伍，这也是列车长怎么数人数都不对的原因。至于后来站长为什么数对了，我猜他是把站在队伍外的我给漏了。

经过两天提心吊胆的旅程，我终于把大家带到了目的地。走进大厂的工业园区，别说阿都青年，就是我这个见过世面的记者，也是眼前一亮。工业区里有街道、学校、医院，厂房和员工宿舍分区而立，宿舍有专门的访客室和值班室，每间都有独立的卫生间和晾衣阳台。看到水龙头一扭，水就哗哗流出来，还24小时有热水时，姑娘们忍不住啧啧称赞，眼里也冒出了光。

负责人告诉大家，培训3个月，包吃包住600块钱一个月，培训结束正式上岗后就拿1200块岗位底薪加计件工资。一个月能挣这么多钱，人群一下子就炸锅了，忍不住窃窃私语起来。看大家如此兴奋，我也高兴起来。

但很快，麻烦又出现了。

八

外出务工最重要的一环是要与用工单位签订劳动合同，而签订劳动合同要用到身份证。当我让大家把身份证拿出来，去签订合同时，大家非但不配合，人群里似乎还有人说我是人贩子，说坚决不能上了人贩子的当，吵着要回家。

"身份证不能给，听说这个合同好比是卖身契，不能签！"不知人群里谁喊了一句，让大家都捂紧了口袋。

我被打了个措手不及，赶紧跟大家解释什么是劳动合同，没有身份证，合同就签不了。签不了劳动合同，就分不了宿舍，今晚就没地方住。

没人听我的。这一晚，我们只能带着大家住进厂区的宾馆。安顿好大家后，我们带队的 4 个人先开了会，我认为不能打退堂鼓，想想我们在阿都翻山越岭、走家串户地动员，苦口婆心地做了多少思想工作才走到今天，现在只差这最后一步了，怎么能放弃呢？

必须想办法解开大家的心结，合法合规地与工厂签订劳动合同。但怎么办才好，大家一时没了主意。正好电视在播放着一部战争剧，里面有发挥党员力量，做好群众工作的场景，我一下子有了灵感。

我让带队的先去把团队中的团员找来。不一会儿，4 个男青年就来到我跟前，我说你们既然是团员，在学校的表现一定很优秀。今天这个事情，你们是怎么看的？ 4 个人相互对视了一下，又看看我，不肯说话。

我接着详细给他们解释了什么是《劳动法》以及劳动合同的重要性。等他们都表示理解了，我才语重心长地对他们说，团员在老乡当中就要发挥作用。我把大家安顿好，就要回去了。我有我的工作，不可能一直陪着大家。如果以后遇到什么问题，可以随时给我打电话，我会尽力帮你们解决。我既然把大家带出来了，就要为大家负责。

这是我的肺腑之言。

我的肺腑之言果然有效，4 个团员当晚就把老乡们的思想工作做通了。第二天上午顺利与厂方签订了劳动合同，厂里给他们分配了宿舍和各自喜欢的岗位。

徐丽芬夫妇选择了住夫妻房，厂里的夫妻房不免费，每个月要 200 元的房租，房间里有卫生间和厨房，可以开火做饭。

我们跟他们一起去食堂吃饭。如何排队、如何打饭、如何找位子坐下吃饭、收拾餐盘等，对于初来乍到的他们都是一次全新的体验。今后，这就是他们每天都要经历的。昨天还个个闹着要回家，今天一切都上轨道了。我这心里搞得跟坐过山车一样，但又担心他们不能很快适应，于是建议其他带队人员多留两天观察一下。

终于到了要离开的时候，我和大家在食堂告别。此时，他们每个人都穿着整齐的工装。看着他们焕然一新的形象。这一路，所有的操心都值了。

都说"读万卷书，行万里路"，他们没有机会靠读书走出大山。我相信，"行万里路"也能改变他们的命运。以后姑娘们结婚生子，也一定可以像城里姑娘一样做产检了。

回云南前，我转道青岛即墨见了江海鹏。他说一定要当面感谢我，是我帮他还了欠下多年的救命之恩。

江海鹏参加过 1979 年的对越自卫反击战，当时战争环境异常恶劣，他和战友迷路了。因敌人在河流水渠里投了毒，5 天 5 夜后，饥渴和紧张已经把他逼到了生存极限，眼前开始出现幻觉。

就在这时，他们突然看到丛林深处有一间草屋，分不清是幻觉还是现实。凭着求生的本能，两人走近草屋，万幸是真的。屋里如果是敌人，手无缚鸡之力的两人肯定是死路一条，但不进去也是死路一条，只能一横心走了进去。

两人进屋后，发现屋里连个床铺都没有，昏暗的角落里慢悠悠地站起来一个老妇人，问有什么事。姜海鹏一听对方的口音，大概知道自己是在中国境内，赶紧说他们两人和部队走散了，已经 5 天没有吃过任何东西了。

说完这句话，两个人瘫倒在地，彻底饿晕了过去。

江海鹏说，他是在鸡汤诱人的香味里苏醒过来的。在这深山老林里，他头一次吃了鸡肠子，青岛人是不吃鸡肠子的。吃饱喝足后，江海鹏和战友终于缓过劲来，这才得知老妇人宰了唯一的下蛋鸡，连鸡肠子都洗干净了煮给他们吃，这才救了他们。

在老妇人的指引下，江海鹏顺利找到了部队。他心中暗暗发誓，等战争结束后，一定要回去找老妇人，好好感谢她的救命之恩。然而，战争结束后，江海鹏晋升为营长，部队工作很忙，直到退役后才闲下来。

他退役后第一时间来到云南文山，想凭着记忆去寻找那处草屋，可惜却找不到了。这些年他老是想起老妇人，心里总觉得这个恩情得还。

没想到这么多年过去，这份恩情竟然会从两个连体婴儿开始偿还。即墨市有上千家轻纺企业，轻纺企业的员工需求量多达 20 多万人。江海鹏的爱心也感染了多家企业，很短的时间里，即墨市的企业纷纷走进云南大山，扶贫帮困。江海鹏还决定在阿都乡设立培训站，免费提供制衣设备，派专人指导授课。

都说，种善因，得善果。估计谁也不会想到，深山老妇人的一个善举，竟然会在若干年后，在云南另外一群青年人身上结出善果。

一年后，春节刚过完，我就接到徐丽芬的电话，他们夫妻休探亲假回家过年了，回青岛时特地要来昆明看我。

初春刚下过雨，特别冷，夫妻俩提着大包小包正在公交车站等我，我看徐丽芬冻得鼻涕都流得老长，我担心她感冒，就念叨她怎么不多穿点。

她笑着说自己不冷，这次是代表大家来看望我的。她们都很好，让我放心。夫妻俩不仅给我带了老家的火腿，还带了一套大红色的红豆保暖内衣。她特意告诉我，这套保暖内衣就是他们厂生产的。

我看徐丽芬冷成那个样子，让她赶紧先把保暖内衣穿上，她死活不肯，说这是夫妻俩的心意，让我无论如何要收下。那是一套价值480元的保暖内衣，我不知道夫妻俩这一年是如何省吃俭用，才舍得买下这份近乎奢侈的礼物。

记得连体婴儿刚出手术室时，徐丽芬曾和我说过，她做过一个梦，梦见两姐妹从大山上跑下来，说要帮她收苞谷，那是她梦寐以求的生活。此刻，她正勇敢地坐上公交，迎着都市的寒风，去孕育新的生活。也挺好。

很多人问过我，做记者，写好连体女婴的报道就行，为什么还想要把其他女孩给带出来。我走进梁家村最大的感想是贫困不仅指的是没有钱，也指缺乏接受教育和信息的状态。不把她们带出来，她们就得和徐丽芬一样，十八岁结婚生子，祖祖辈辈靠天吃饭，靠命生娃。

这里的土地和资源十分贫瘠，气候又恶劣，留下根本不可能有出头之日，她们连基本生存都保障不了，何来生育保障？对于她们来说，"努力"从那里摆脱出来的难度非常高，她们那么纯朴善良，却一出生就得过着常人无法想象的生活。

所以每个走出大山的人，只要有能力，上天都会想要帮帮她们。这是文明的力量。

图书在版编目（CIP）数据

女记者的生死赴会：刀尖上的访谈 / 汤布莱著. —
杭州：浙江人民出版社，2024.1
ISBN 978-7-213-11226-3

Ⅰ. ①女… Ⅱ. ①汤… Ⅲ. ①纪实文学—中国—当代
Ⅳ. ①I25

中国国家版本馆CIP数据核字（2023）第199148号

女记者的生死赴会：刀尖上的访谈

NÜJIZHE DE SHENGSIFUHUI : DAOJIANSHANG DE FANGTAN

汤布莱 著

出版发行：浙江人民出版社（杭州市体育场路 347 号　邮编：310006）

市场部电话：（0571）85061682　85176516

责任编辑：郎寒梅子　李　楠

特约编辑：王子佳

营销编辑：陈雯怡　张紫懿　陈芊如

责任校对：何培玉

责任印务：幸天骄

封面设计：异一设计

电脑制版：北京之江文化传媒有限公司

印　　刷：杭州丰源印刷有限公司

开　　本：880 毫米 × 1230 毫米　1/32　　印　　张：7.5

字　　数：148 千字

版　　次：2024 年 1 月第 1 版　　　印　　次：2024 年 1 月第 1 次印刷

书　　号：ISBN 978-7-213-11226-3

定　　价：49.80 元

如发现印装质量问题，影响阅读，请与市场部联系调换。